ハズレ令嬢の私を
腹黒貴公子が毎夜求めて離さない

第一章　借金のカタとして、結婚します

太陽の光を浴びて、長い金色の髪がきらきらと輝く。

ゆるく波打つ髪がふわりと風に吹かれて靡《なび》き、大きなエメラルド色の目が楽しそうに細められる。

女性としては平均的な背丈に、華奢《きゃしゃ》な身体つき。

見る者を魅了するような愛らしさが彼女にはあった。

そんな彼女は姉のお下がりのワンピースが汚れるのもお構いなしに、飛びついてくる大きな犬を受け止めた。

「ふふっ、アルフったら！」

犬――アルフの頭をわしゃわしゃと撫《な》でると、「わんっ！」と嬉しそうな鳴き声が返ってくる。

彼女はセレニア・ライアンズ。

リリー王国の由緒ある貴族、ライアンズ侯爵家の次女として生を受けたセレニアは、お転婆《てんば》で自由な性格をしていた。加えて結構なお人好しで、捨てられた犬や猫などを拾っては甲斐甲斐しく世話をするのだ。

現在ではアルフのほかに、犬と猫が三匹ずつ。さらに鳥も三羽飼っていた。セレニアにとっては

そのすべてが、大切な家族である。

彼女の表情は、些細《ささい》なことでころころ変わる。特に動物たちと戯《たわむ》れている時のセレニアは、輝かんばかりの笑顔だ。そうしていると、まるでおとぎ話に出てくるお姫さまのようだった。

しかし、現実は非情である。

「……あぁ、でも。お姉さま方に見つかってはいけないわ」

「わふぅ」

「アルフ、いいこと？　あちらには近づいてはダメよ」

肩をすくめながら、まだ新入りのアルフに言い聞かせる。

セレニアが示したのは、ライアンズ侯爵家の屋敷である。そこにはセレニアの両親と姉アビゲイルの三人が住んでいた。

一方で、セレニアは『離れ』と呼ばれる別邸で動物たちと暮らしている。

別邸に、侍女や従者はいない。自分のことはできるだけ自分で面倒を見なければならない生活だ。

だが侯爵家の使用人たちは休憩時間を削ってでもセレニアの世話をしに来てくれていた。

「お姉さまは今日もパーティーですって。本当、派手なことがお好きよねぇ」

ころころと笑いながら、セレニアはアルフをわしゃわしゃと撫《な》でる。

セレニアの姉アビゲイルは、多彩な才能と美しい容姿に恵まれていた。ゆえに幼少期から大層期待されて育ってきたのだ。

周囲はアビゲイルのことを才色兼備と評する。

対してセレニアは、ひそかに『ハズレ』と呼ばれてきた。

なにをやらせてもアビゲイルに及ばなかったためだ。

幼い頃、両親はセレニアにもアビゲイルと同じように教育を施した。だが年齢を重ねるほど、二人の差は広がっていくばかり。

家庭教師たちは口をそろえて「お姉さまが同じくらいの頃にはできましたよ」とセレニアに言う。

両親はそんなセレニアを見て、教育する価値もないと判断したらしい。

いつしかセレニアに期待するのをやめ、離れに追いやってしまったのだ。

かといって、それがセレニアにとって不幸だったかは、また別だ。

セレニアは離れでの生活を満喫《まんきつ》していた。元々勉強や淑女教育は好きではない。ずっと叱責されてきたせいで、すっかり苦手意識がこびりついていた。

大人しく刺繍《ししゅう》をしているくらいならそこら中を駆けていたい。学ぶのは自分のペースで、自分のやりたいことを重点的にやりたい。

それに侯爵家の使用人たちは優しく、放置されるセレニアのことをいつも気にかけてくれる。

特に侍女頭であるカリスタと執事のジョールは、甲斐甲斐しくセレニアの世話を焼いた。

両親に愛されなくても、使用人たちのおかげで愛情に飢えることもなかった。幸せだった。

むしろ、重すぎる期待をかけられなくなって清々しているところもあるほどだ。

年に数回屋敷に呼び出されることもあるが、その時はただ大人しくしていれば問題ない。

ただ、アビゲイルの癇癪《かんしゃく》に付き合わされた場合は少々面倒だった。

両親はいつだって姉の味方だから、セレニアが口答えなどしようものなら、ひどい叱責が飛んでくるのだ。その後、長々とした説教がはじまるのがお決まりだった。

セレニアはそれを知っている。

だから、嵐が過ぎ去るのを大人しく待つ。今までも、それでうまくやりすごしてきた。

そんなことを考えていると、遠くから「セレニアお嬢さま！」と名前を呼ばれた。

視線を向けると、侍女頭のカリスタがこちらに駆けてくるところだった。

セレニアは小首をかしげて彼女を見つめる。

「どうしたの？」

問いかけるセレニアの髪には、いつの間にか新緑の葉が絡んでいる。

「だ、旦那さまが、お嬢さまをお呼びでございます……！」

セレニアの気持ちが一気に沈む。

……あぁ、ついさっきまでアルフと遊んで、気分がよかったのに。

肩を落としそうになるが、カリスタに心配をかけるわけにはいかない。

セレニアは軽くワンピースの裾《すそ》をはたいた。

「アルフのことをお願いね。お部屋に戻してあげて」

「は、はい」

できる限り明るく笑うと、カリスタの顔つきが暗くなる。

その表情にはやるせなさが見え隠れしている。

「セレニアお嬢さま……」

「……どうしたの？」

彼女の沈んだ声を怪訝《けげん》に思い、セレニアが問いかける。

カリスタはセレニアの目を真っ直ぐに見つめた。

「このカリスタ、一生セレニアお嬢さまの味方ですので」

力強く、芯の強そうな声だった。


数カ月ぶりに屋敷に入ると、執事のジョールが出迎えてくれた。

労いの言葉をかけると、彼もまたどうしてか表情を曇《くも》らせる。

「……セレニアお嬢さま」

彼の口調は寂しげだ。それはまるで一生の別れを覚悟するもののようで、嫌な予感がむくむくと膨れ上がる。

いや、父からの呼び出しという時点で嫌な予感はすでに天井を突破しているので、今さらだが。

屋敷の中をゆっくり歩いて、父の執務室を目指す。

廊下には相変わらず趣味の悪い骨董品が飾られていた。それを見るたびに、セレニアの胸の中に申し訳なさが募っていく。

趣味が悪いだけなら別に問題ではない。しかし、これは領民から徴収した税金で買っているのだ。

（いずれ反乱でも起こされるんじゃないかしら）

他人事のようにそう思いながら歩いて、執務室の前に辿りつく。

室内からなにやらガタンガタンと大きな音が聞こえた。もしかしたら、暴れているのかもしれない。

「入りたくない」という気持ちが芽生えて、これまた膨れ上がっていく。

けれど、入らなければ入らないで、後で怒りの矛先を向けられるのはセレニア自身だ。

セレニアは深呼吸をして、扉をノックした。

「お父さま、セレニアです」

ゆっくり声をかけると、執務室の中から「入れ！」と怒鳴り声が聞こえてきた。

声量に顔をしかめるものの、すぐにその表情を消し去って扉を開く。

散らかった室内。それに気を留めるそぶりも見せず、部屋の中央に視線を向けた。

そこには豪奢《ごうしゃ》な衣装に身を包んだ父――ジェイラス・ライアンズがいた。

彼はセレニアの顔を見て、にんまりと笑みを浮かべる。

「おぉ。しばらく見ないうちに、それなりに見栄えがするようになったじゃないか」

セレニアの背筋に、ツーッと冷たいものが走る。

「……どうかなさいましたか、お父さま？」

引きつりそうな笑みをごまかし、セレニアは問いかけた。

ジェイラスが執務椅子にドカンと腰を下ろした。木のきしむ音が響く。

「あぁ、実はお前に一つ頼みがあるんだ」

数年間まるで顧《かえり》みることのなかった娘に頼みとは、ろくなものではないのだろう。

「今日、名のある伯爵家のパーティーに参加してきた」

「……さようで、ございますか」

「そこである男爵と会話をしてな」

そこまで言って、父が露骨に顔をしかめる。

ジェイラスは自分たちと同等か、もしくは目上の相手としか会話をしない主義だ。

主義といえば聞こえはいいかもしれないが、傲慢《ごうまん》なだけとも言える。

セレニアは笑みを貼り付けたまま首を縦に振った。

「名はなんと言ったか……。あぁ、そうだ。メイウェザー。ジュード・メイウェザーだ」

ジュード・メイウェザー。

その名前は、社交界に疎《うと》いセレニアでも聞いたことがある。

服飾業で富を成し、王国から爵位を賜《たまわ》ったという新進気鋭の貴族だ。

子爵、男爵家の令嬢たちがこぞって彼の妻の座を狙っているのだと、若いメイドが話していた。

なんでも相当やり手の実業家で、加えてそれはそれは見目麗しい、と。

「その成金男爵が、お前をぜひ嫁に欲しいというんだよ」

ジェイラスが深いため息をつく。

セレニアは大きな目をさらに見開いた。

(私を嫁に?)

ジュードと自分に面識はない。

それ以上に、成金だと蔑《さげす》む相手に、ジェイラスが自分の娘を嫁がせるとは考えにくい。

いかに顧《かえり》みることのない子供といっても、貴族にとって娘は他家との縁を繋ぐための大切な道具。セレニアを嫁がせるなら、侯爵家と同等の貴族だろうと思っていた。

「まったく嘆かわしい話だが、先日大きな儲《もう》けを得られると聞いて投資していた事業が突然立ちいかなくなってしまってな。おかげで大きな損失を出してしまった。それを埋める必要があるんだよ」

ジェイラスはやれやれと肩をすくめた。

……それは、いわゆる投資詐欺というものでは？

そう思うセレニアをよそに、ジェイラスは反省するそぶりもない。

「このままではアビゲイルの将来が危ういではないか」

彼はさも当然のようにアビゲイルの名前を口にした。

「アビゲイルなら王家か、それに連なる家に嫁ぐことも望めよう。いや、嫁いでもらわねばならん。だが持参金が用意できないとなれば、それは叶わない。だからセレニア。成金男爵のもとに嫁ぎ、我が家に富をもたらしてくれるな？」

にやにやと笑みを浮かべるジェイラスを見て、セレニアは自分が姉のために売られるのだと悟った。

父の頭の中には、アビゲイルのことしかないのだ。

彼女を良い相手に嫁がせれば、落ちぶれはじめたライアンズ侯爵家を立て直せる、と。

実際、そんな簡単に解決できる話とは思えないが。

とはいえ、自分がなにを言ったところで考えを変える相手ではない。

だからセレニアは、静かに笑みを浮かべた。

「かしこまりました」

ジェイラスは満足そうにうなずく。

口答えなどする気はない。そんなことをしたら叱責が飛んでくるし、機嫌が悪ければ折檻《せっかん》を受けることもあるのだから。

ただただ従順に振る舞い、嵐が過ぎ去るのを大人しく待つのが正しい選択だ。

「そうか。いやぁ、ものわかりのいい娘がいて、私は幸せ者だな」

彼はそう言うが、セレニアは決してものわかりがいいのではない。すべてを諦めているだけだ。

セレニアはニコニコと作り笑いを貼り付け続ける。

内心では呆れ果てて、その笑みもそろそろ剥がれ落ちてしまいそうだったが。

「一カ月後、お前には成金男爵と結婚してもらう。せいぜい可愛がってもらうことだ。お前のような出来の悪い娘をもらってくれるというのだから」

「はい。承知いたしました、お父さま。では、失礼いたします」

――もうこれ以上ジェイラスの話に付き合わされるのはごめんだ。

セレニアはぺこりと頭を下げて執務室を出ていった。

扉を閉めると、すぐにカリスタとジョールが早足でやってくる。

「セレニアお嬢さま」

不安そうな声だった。セレニアは彼らの不安を取り除くように、笑顔を作った。

「大丈夫よ。……でも、あなたたちは知っていたの？」

「旦那さまが投資詐欺に遭われたことは、私たちも存じていましたので……」

彼らは悔しそうに顔をゆがめる。セレニアは「はぁ」と小さくため息をついた。

「ひとまず移動しましょう。ここで長話をするわけにはいきません」

こんな話をジェイラスに聞かれるわけにはいかない。ジョールもわかっているのだろう。

離れに移動しながら、彼は事の顛末《てんまつ》を教えてくれた。

なんでもジェイラスはつい数カ月前、新しい事業への投資を持ちかけられたらしい。相手の言葉を信じ込んで多額の金をつぎ込んだが、利益どころか注ぎ込んだ金をまるまる失い、おまけに話を持ってきた相手も雲隠れしてしまったのだと。

「今の侯爵家は、借金で首が回っていないのです」

「……そうなの」

「僭越《せんえつ》ながら、国に被害届を出したほうがよろしいとも申し上げたのですが……。旦那さまは『そんな恥を晒《さら》すようなことはできん！』の一点張りで……」

見栄っ張りなジェイラスらしい答えだ。

「……お父さまったら、どうしてそんな詐欺になんて」

「お相手の口車に、うまく乗せられてしまったのでしょうね」

カリスタのその言葉は、妙に納得できる。

ジェイラスは褒められると調子に乗りやすい。もしかしたら相手はジェイラスの性格を知った上で近づいたのかもしれない。

「ところで、メイウェザー男爵という方のことを知っているかしら？」

ふと思い出して、尋ねてみた。

すると二人は顔を見合わせ、おずおずと口を開く。

「とてもお美しい殿方だと、耳に挟んでおります」

言葉のわりに、表情は暗い。

「年齢は二十五。たった一代で巨大な富を築いた、やり手の実業家だ、と」

「そうなのね」

「噂によると、商売のために高位貴族との繋がりを求めているそうです。どこからかライアンズ侯爵家の窮状《きゅうじょう》を聞きつけ、借金を肩代わりすると申し出たのだとか。しかしその条件というのが……」

カリスタの声が震え、話が途切れる。

条件とは、『娘をよこせ』というものだったのだろう。

やはり、セレニアは売られたのだ。姉とこの家の輝かしい未来のために。

「そう」

口をついて出た声は、自分でも驚くほどに冷めていた。

誰に嫁ぐことになろうと、関係はない。

この家にいたところで良い扱いを受けることなど一生ないのだ。どこかの老貴族の後妻になることも覚悟していた。それを思えば、成り上がりとはいえ若く、それに見目麗しい男性に嫁げるというのだから……まぁまぁ、良い話ではないだろうか。

「どうせ望まぬ相手に嫁ぐ未来しかなかったのだから。これくらい、なんてことないわ」

心の底からの言葉を呟くと、ついにはカリスタが泣き出してしまった。

「あぁ、どうしてセレニアお嬢さまがこんなにも苦しまなければならないのですか……」

「カリスタ」

「セレニアお嬢さまは優しいお方です。私たちは、セレニアお嬢さまを大切に思っております。アビゲイルお嬢さまよりも……アビゲイルお嬢さまは、我々使用人どものことも物以下だとおっしゃって、人間として扱うことがございません」

カリスタの口からアビゲイルの傍若無人《ぼうじゃくぶじん》ぶりが語られる。普段接することはなくとも、セレニアにとっては予想の範疇《はんちゅう》だった。

「お姉さまだもの、仕方がないわ」

わかってはいても、セレニアにそれを止めることはできない。

自分によくしてくれたカリスタたちに報いることができないのは心苦しいところだが、こればかりはどうしようもないのだ。

（お姉さまがこのままなら、ライアンズ家に仕えようという人はいずれいなくなってしまうかもし

れないわね）

心の中でそう呟くものの、口には出さない。もしもアビゲイルの耳に入れば、彼女は烈火のごとく怒り出すだろう。

「私はいなくなるけれど、どうか元気にね」

「……はい」

「ああ、そうだ。申し訳ないのだけど、アルフたちのことをお願いできるかしら？」

嫁ぎ先に動物たちを連れていくなど、許されるわけがない。

セレニアがおずおずと願うと、ジョールは自身の胸を叩いた。カリスタも大きくうなずく。

「もちろんです。私どもにお任せくださいませ」

「ええ、私たちが必ず守ってみせます。セレニアお嬢さまの心配事は、私たちが取り除きますわ」

「ありがとう。頼もしいわ」

そんなやりとりを終えて、セレニアは離れの扉を開ける。

アルフが嬉しそうに駆け寄ってきた。

その頭をわしゃわしゃと撫《な》でていると、なんとも言えない寂しさが込み上げる。

「あなたたちともお別れね」

アルフは言葉の意味がわかっていないのか、「わふぅ？」と鳴いた。

そんな姿が愛おしくて、セレニアはアルフを力いっぱい抱きしめる。

「どうか残りの時間は、あなたたちをたくさん甘やかさせてね」

嫁入りまでの一カ月。この時間で、たくさんの思い出をアルフたちと作ろう。

セレニアがそう誓っていると、アルフが頬をぺろりと舐めた。

自然と、笑みがこぼれた。


それからの一カ月は、とても慌ただしかった。

ジェイラスははじめこそ娘を成金男爵のもとに嫁がせることを外聞が悪いと苛立《いらだ》っていたが、先方が見るからに高価なプレゼントを贈ってくるようになると、態度を一変させた。

プレゼントはドレスも宝石も、当然すべてセレニアへ贈られたものだ。

しかし、ジェイラスはそれらを一つ残らずアビゲイルのものとした。

セレニアは呆れたものの、いつも通り、なにを言うこともなく粛々《しゅくしゅく》と従うだけだった。

そうして訪れた、結婚式当日。

セレニアは朝から侍女たちに入念に身体を磨かれ、純白のウェディングドレスを身にまとっていた。

このウェディングドレスも、用意したのは花婿のジュード・メイウェザーだ。

添えられていたメッセージカードには、まだ世界で一点しかない特別なものだと綴《つづ》られていた。

だが服飾業で財を成したという話にふさわしく、ゆくゆくはこれも商品に加えたいと思っているそうだ。

さすがのジェイラスも、このウェディングドレスだけはアビゲイルのものにはできなかった。

まぁ、当然のことではあるのだが。

「セレニア、よろしいこと？　あなたはアビゲイルと違って要領が悪いのですから、どんな手を使ってでも気に入られなさい」

「……はい、お母さま」

母バーバラの言葉に、セレニアは作り笑いを浮かべてうなずいた。

気に入られてこい、というのは、実家にお金を入れてもらえるようにしろという意味だ。

アビゲイルだけでなく、バーバラも大層な浪費家だ。以前から侯爵家の家計は常に火の車だった。

「これでアビゲイルも良い相手に嫁ぐことができるわ。成金男爵には感謝もしたくないけれど、それなりに役には立つものね」

バーバラはころころと笑い声をあげる。

彼女はアビゲイルが気に入らなかった贈り物を売り払い、自身のドレス代にしたそうだ。

それを知った時、セレニアはこれ以上ないほどに呆れ果てた。だが文句を言う気力もなく、静かに笑ってやりすごした。

（波風を立てないためとはいえ、ジュードさまに申し訳ないわ……）

心の中でジュードに謝罪をしていると、セレニアとバーバラのいる控室の扉がノックされた。

訪れたのは、この教会のシスターだった。彼女は眉一つ動かさず、静かに用件を告げる。

「ジュードさまがセレニアさまにお会いしたいとおっしゃっております」

「まぁまぁ、成金とて礼儀は弁えているようね」

シスターの言葉に、バーバラが反応する。

セレニアは眉をひそめるものの、そっと母の様子をうかがった。

こういう時に勝手に返事をしてしまうと、機嫌を損ねるのだ。

「では、私は外に出ています。セレニアは成金男爵と少々お話しなさい」

「……承知いたしました、お母さま」

どうやらバーバラは初対面の場に同席するつもりはないらしい。

それに安心しつつ、セレニアはバーバラが控室から出ていくのを見送り、シスターに了承の返事をした。

「かしこまりました」

シスターは頭を下げると、ジュードを呼びに向かう。

花嫁の控室に、セレニアは一人残された。

「お母さまと一緒だと、気が滅入《めい》ってしまうわ」

自然とそんな言葉が口から漏れる。

バーバラのいない控室は、とても快適だ。気を遣うことなく、のんびりお茶を飲むこともできる。

しばらくして、再度扉がノックされた。

どうやら、ジュードが来たらしい。

セレニアは紅茶の入ったカップをテーブルの上に戻し、入室の許可を出す。

一拍置いて、扉がゆっくりと開く。

顔を見せたのは――穏やかそうな顔立ちの男性だった。

少し癖のある茶色の短い髪。おっとりした印象の、黒曜石のような瞳。色彩こそ派手ではないが、その顔立ちは恐ろしいほどに整っている。

セレニアは思わず息を呑んだ。

（いけないわ、ご挨拶《あいさつ》をしなくては）

すぐに立ち上がり、淑女の一礼を披露する。

「はじめまして、ジュードさま。ライアンズ侯爵家の次女、セレニアでございます」

軽く結い上げた金色の髪の毛を揺らしながら、自己紹介を口にする。

彼――ジュードは愛想よい笑顔で答えた。

「お初にお目にかかります。ジュード・メイウェザーと申します」

柔らかくて、心地のいい声だと思った。

「どうか、頭を上げてください。俺は、あなたに頭を下げられるような身分の人間ではありません」

セレニアは恐る恐る頭を上げる。視界に入ったのは、柔らかな笑み。

その笑みはなぜかセレニアの心をかき乱した。

「あなたのような美しい女性を娶《めと》ることができて、俺は幸せ者です」

彼は心の底からそう思っていると錯覚してしまいそうな声でそう告げ、セレニアに微笑みかけてくる。

だが、真に受けるわけにはいかない。

（やり手の実業家だというなら、そのくらいの演技だってできるはずだわ）

商売で成り上がってきたという彼のことだ。お世辞はお手のものだろう。

商売を円滑に進め、自らの有利になる契約を結ぶには、相手の望みを察し、それを満たす言葉と態度を取る必要がある。これも、その一種。セレニアを喜ばせるためのおべっかに過ぎないはずだ。

彼が求めているのは、商売に使える高位貴族との縁。

セレニア自身ではないのだから。

（外面がよくても、実際はお仕事にしか興味のない方かもしれないもの。妻になったからといって、愛されるわけじゃない）

自分自身に言い聞かせて、セレニアはよそいきの笑みを浮かべる。

「光栄ですわ、ジュードさま」

心の中に本音をしまい込むのは、慣れっこだ。

「よろしければ、少しお話ししませんか？　互いのことを知る機会だと思いますから」

にこやかな笑みを浮かべて、ジュードを会話に誘う。彼は大きくうなずいて、ソファーに腰掛けた。

セレニアがティーポットから新しいカップに紅茶を注ぎ、ジュードの前に置くと、彼は軽く会《え》釈《しゃく》をした。

「次は、俺がお茶を淹《い》れましょう」

「ジュードさまが、お茶をお淹《い》れになられるのですか？」

セレニアはきょとんとして尋ねた。

貴族の男性が自らお茶を淹《い》れることは、セレニアの知る限りありえないことだったからだ。

「成り上がりの身ですから」

「……失礼いたしました」

言いたくもないことを、言わせてしまった気がした。

セレニアは慌てて自らの非礼を詫びる。

対するジュードは「いやいや」と顔の前で手を振った。

「セレニアさまほどのお生まれであれば、違和感を覚えるのもおかしくはありません。ただ、商売をする上で自ら客人をもてなせることも大切ですから。必要に応じて覚えただけですよ」

そう言ってジュードはカップを口に運ぶ。セレニアが気に病まないように、フォローしてくれたのだろう。

それが伝わってきて、申し訳なく思ってしまう。

「その……今さらですが、贈り物をたくさんありがとうございます。このウェディングドレスも、とても素敵ですわ」

とりあえず話題を変えよう。その一心でセレニアが感謝を伝えると、ジュードは頬をゆるめた。

「いえ、気に入ってくださったのならよかった。あなたをイメージしてデザインして、至急仕立てさせたのです。俺の想像通り、とても似合う」

なぜだか、その言葉には偽りがないように思えた。

真っ直ぐな褒め言葉をぶつけられて、なんだか胸のあたりがむずむずする。

セレニアはうつむいて、赤くなっているであろう頬をごまかそうとした。

「あなたを思うと、たくさんのイメージが浮かぶ。……本当に、素敵だ」

ほうっとしたように、ジュードは呟いた。

その言葉に小さな疑問が浮かぶ。

「ジュードさまは、商会の品を自らデザインされているのですか？」

小首をかしげるセレニアに、ジュードはすんなりとうなずいた。

「すべてではありません。俺がデザインを担当しているブランドもある、というくらいですよ」

「まぁ」

「そのブランドはオーダーメイドの一点ものを扱うことが多い。裕福な貴族が主な顧客です」

その言葉で、いろいろなことが腑《ふ》に落ちた。

裕福な貴族が顧客。それなら、この結婚がもたらす利益は多大なものだろう。

侯爵家と繋がりがあれば、販路が広がる。セレニアにこのドレスを着せたのも、今日訪れる参列客にメイウェザー商会の品を見せつけるための、いわば広告塔の役割を期待してということだ。

（やっぱり、私はそういう意味で求められたのね）

翳《かげ》りを見せているとはいえ、ライアンズ家は腐っても侯爵家だ。歴史ある貴族には今まで培われた人脈というものがある。

「といっても、現在の収入源は庶民向けのものがほとんどですが」

カップをテーブルに置いた彼が、セレニアを見つめる。

「だから、あなたはなにもしなくていい。……ただ、そこにいてくれれば」

「……はい」

すなわち、セレニアの役目は婚姻を結んだ時点で終わり、ということだ。

ほんのわずかに、セレニアの表情が翳《かげ》る。

「おっと、妻となる女性との初対面だというのに仕事の話など、不躾《ぶしつけ》にもほどがありました。失礼。今からは互いのことを知る時間にしましょう」

仕切り直すように、ジュードが微笑みかける。

……ほっと胸を撫《な》で下ろした。

あのままでは、どんどん気持ちが沈んでしまって、表情を取り繕うこともできなかっただろうから。

「では、まずは――」

ジュードが口を開いて、自身の話をしてくれる。

セレニアは真剣に耳を傾けた。

彼の話し方はとても巧みだった。ユーモアを交えた話に抑揚《よくよう》のある喋り方は聞いていて飽きず、話自体もわかりやすい。

（これなら、お父さまを丸め込むのもたやすそうね）

失礼だが、そう思ってしまった。

「セレニアさまは、どういったものがお好きですか？」

彼が尋ねられ、セレニアは困惑した。

侯爵令嬢の身で、動物と戯《たわむ》れることが好きなど言えるわけもない。迷いながらも、無難な回答を口にしようとした。

「わ、たしは……」

なのに、どうしてだろうか。言葉に詰まった。

（当たり障りのないことを、言えばいいだけなのに……）

そのはずなのに、なぜだかジュードの前では自分を偽りたくなかった。

けれど。

（私には、アルフたちと戯《たわむ》れる以外、なにも好きと言えることがない……）

自分が空っぽの人間だと思えて仕方がなかった。

わずかに翳《かげ》ったセレニアの表情に気がついたのか、ジュードが不安そうな顔をする。

「わ、私は、そうですね。お庭を散策したり、自然が豊かな場所でのんびりしたりするのが好きです」

嘘にはならない程度にそれらしい話でごまかして、セレニアは笑った。

自分の笑みは引きつっていないだろうか。それが不安で仕方がない。

「そう、ですか。……なんだか、困らせてしまったようで申し訳ない」

「い、いえ……」

ジュードのせいではない。セレニア自身の問題だ。

それを自覚しながら、セレニアは微笑んだ。

できる限り、内面を見透かされないように。


それからしばらく他愛もない話をし、彼は控室を出ていった。

一人になったセレニアがほっと息を吐いていると、少ししてまたシスターがセレニアを呼びに来た。

いよいよ、時間だ。

(失敗、しないようにしなくちゃ)

結婚が決まってからずっとシミュレーションしていた流れを、もう一度イメージする。

(案外、あっさりしたものだったわね)

式は滞りなく進んだ。セレニアの不安は杞憂《きゆう》に終わり、今は披露宴会場に向かって馬車に乗っている。

会場は、メイウェザー男爵家の邸宅だ。

「邸宅についたら、侍女が出迎えてくれます。セレニアは彼女たちの言うことに従ってください」

端的に説明されて、セレニアはうなずいた。

彼の様子をうかがっていると、今さらながらに彼の妻になったのだと実感させられる。

（私のこともいつの間にか呼び捨てにしているもの。結婚したのだから、当然なのだけれど）

神の前で誓い合ったその時から。セレニアはジュードの妻だ。

なにもおかしなことはない。

（そう。たとえ、私の気持ちがこれっぽっちもついてきていなくても。この方と私は、今日から夫婦）

そう自分に言い聞かせながら、セレニアは何度か深呼吸をする。

馬車は止まることなく進み、貴族の邸宅が並ぶ通りへ入った。

そのままさらにぐんぐん奥に進んで、しばらく走ったところで、ようやく馬車が停止する。

窓から見えるのは、たくさんの緑。

「この辺りは街の外れです。自然が豊かなので、ゆっくりできるかと」

ジュードがちらりとセレニアに視線を向ける。セレニアはこくりとうなずいた。

（ジュードさまも、自然がお好きなのかしら……？）

自分と同じ、と喜びそうになったが、彼の場合は経営者として日々ギスギスした商談をしているのだ。少しくらい自然で癒やされたい、ということなのかもしれない。

馬車での移動を終えて邸宅に入ると、数名の侍女が出迎えてくれた。

「披露宴の開始時刻は二時間後を予定しています。セレニアのことを頼みますよ。……くれぐれも、丁重にもてなすように」

「かしこまりました」

侍女の一人がジュードの指示に返事をして、頭を下げる。

ジュードはその足で邸宅を出ていってしまった。

(どこかへ向かわれるのかしら……?)

彼の出ていったほうを眺めていると、パンッと手を叩く音がして、意識が引き戻される。

「さぁ、時間がありません。早く披露宴の仕度をはじめましょう」

中年の侍女の言葉をきっかけに、ほかの侍女たちが素早く移動をはじめた。

「奥さまはこちらに。さぁ、どうぞ」

「え、あ、は、はい」

柔和な笑みを浮かべた一人の若い侍女が、セレニアを誘う。

セレニアは静かにうなずいて言われるがまま邸宅の奥へ進んだ。

侍女たちのてきぱきとした手つきで、瞬く間に衣装が整えられていく。

着せられたのは、可愛らしくも上品な淡いパープルのドレスだ。

これもジュードがデザインしたものなのだろうか。

まるで、それこそお姫さまのように丁重に扱われることに戸惑いながらも、セレニアは披露宴の会場へ足を運んだ。

会場となるのは、メイウェザー男爵邸にあるパーティーホールだ。

足を踏み入れるとそこは煌《きら》びやかな装飾に彩られ、楽団が音楽を奏でる準備をしている。彼らは国内でも有名な楽団ということだった。これは、侍女から聞いた話だ。

壁側には美味《おい》しそうな食事が並んでいる。立食形式のようだ。

（……ジュードさまは、どこかしら？）

披露宴の開始まではまだ時間があり、会場内はまだ人が少ない。

セレニアは広々としたホールを見渡して、ジュードの姿を捜した。

侍女には、一足先に会場へ向かったと聞いた。パーティがはじまる前に、少し言葉を交わしたかったのだ。

（このドレスのお礼を、きちんとお伝えしたい）

その一心だったが、会場の隅でジュードがなにやら男性たちと話をしているのが視界に入って、声をかけるのをためらってしまった。

男性たちは、服装からして貴族だろう。彼らは皆、楽しげにジュードと言葉を交わしている。

「いやはや、メイウェザー卿もついに結婚ですか。それにしても、奥さまのドレスは素晴らしかった。あちらも、商品で？」

「ええ、いずれはその予定です」

「実は私の娘が一年後に結婚を控えているのです。ぜひともお力添えいただきたいと思っておりまして」

「それは光栄です。ぜひ」

聞こえてくるのは、どうやら商売の話のようだった。

セレニアは、こんな時まで熱心だなという感想しか抱けない。

（ご自身の結婚式と披露宴だというのに、まるで営業の場だわ）

それもあながち間違いではないのだろう。セレニアとの結婚が高位貴族との縁作りなら、この結婚式と披露宴はその関係を知らしめるためのもの。

言ってしまえば、今後の事業拡大への下準備なのだろうから。

「あぁ、そうだ。実はあなた方に早めに来ていただいたのは、一つ特別なご提案が――」

営業活動は終わりそうにない。

これでは熱心を通り過ぎて、仕事中毒だ。若干の心配がセレニアの頭をよぎる。

（……いいえ、私に心配されるなんて不本意よね。ジュードさまはお忙しそうだし、私は邪魔にならないように邸宅のほうで待っていましょう）

セレニアはそう考えて、今歩いてきた廊下を引き返していく。

「先が思いやられるわ」

自然とそんな言葉がこぼれた。

しかし、結婚式の前に彼が言っていたことが頭の中に蘇《よみがえ》る。

「そう、私はなにもしなくていい。……期待など、されていないのだから」

自分が口にした言葉に、惨めになってしまう。

自分はやはり『ハズレ』なのだ。

そう思うと、気持ちが重く沈んだ。

「あぁ、セレニア。ここにいたんですか」

披露宴がはじまる十分前。ジュードがセレニアのもとにやってきた。

(とにかく大人しくして、ジュードさまのお邪魔にならないようにしなくては……)

そう自分に言い聞かせながら、セレニアは笑みを貼り付けて「はい」と返事をした。

「もしかして、ずっとここで待っていたのですか？　こちらに来てくれてもよかったのに」

ジュードはにこやかな態度を崩さずそう言ってくれる。

「いいえ、ジュードさまがなにやら真剣なお話をされていましたので。お邪魔になってはいけないでしょう？」

苦笑を浮かべて、セレニアは答えた。ジュードはなにも言わなかった。

やはり、そういう場に自分がいては迷惑なのだろう。

「そうでしたわ。ドレス、本当に素敵です。ありがとうございます」

少し重くなった空気を軽くするように、セレニアは先ほど告げるつもりだったお礼を口にする。

「こんなにも素敵なドレスを用意してくださって、本当に嬉しいです」

ニコニコと笑みを浮かべて、セレニアは続ける。

ジュードは特別な反応を示すことはない。ただ、そっとセレニアから視線を逸らすだけだ。

もしかしたら、時間を気にしているのかも……と、セレニアは思う。

「もうこんな時間ですね。そろそろ行きましょうか。ジュードさまも、お忙しいでしょうから」

自分と会話をしていたところで、お金は生まれない。セレニアの役目は終わったに等しいのだ。余計な時間を使わせるわけにはいかない。

あとは、彼の邪魔にならないように大人しい妻を演じるだけ……

(本当に、それでいいの?)

心の中で誰かが問いかけたような気がした。

けれど、答えなんて出なかった。


披露宴の間、セレニアはジュードのすぐ隣にいた。妻なのだから当然といえば当然だ。

しかし彼の隣にいるだけで、申し訳なさが募っていく。

(私がそばにいては、ジュードさまは商売のお話に専念できないのではないかしら)

挨拶《あいさつ》回りをしている時、ジュードは招待客からそれとなく商売の話を持ちかけられていた。だが、急ぎの用件でなければ彼は「また後日」と断ってしまう。

セレニアに気を遣っているのは明らかだ。

それがわかるから、セレニアは申し訳なくてたまらなかった。

(それに、皆さまもジュードさまとお話がしたいはず)

招待客たちは皆口々にジュードの商品を褒め、また購入したい、次の商談の予定を決めたいと言う。

それを聞いていると、セレニアはジュードがいかにやり手の商売人であり、顧客のことを考えているかを理解してしまう。

だからこそ、余計に彼の邪魔になりたくはないと思ってしまうのだ。

（ジュードさまと結婚したい女性だって、たくさんいらっしゃったはずだわ）

彼の立場なら女性は選び放題だ。しかし、商売のためにセレニアと結婚する道を選んだ。

それは彼にとって、不本意に違いない。

「それでは、またその日に」

話をしていた招待客が、場を離れていく。

ジュードが「ふぅ」と息を吐いた。セレニアは控えめに彼の衣服の袖を掴む。

「どうしました？」

セレニアに尋ねるジュードの表情は柔らかい。

その表情が、セレニアを苦しくさせる。

彼は優しい人だ。だって、望んでもいない妻を気にかけてくれるのだから……

「いえ、少し疲れてしまいまして。ほんの少し場を離れてもよろしいでしょうか？」

招待客との挨拶《あいさつ》はほとんど済ませている。それにセレニアがお飾りの妻にすぎないことは、彼らも理解しているだろう。この場に集まった人々が求めているのはセレニアではないのだ。

ここで席を外したところで、誰に迷惑をかけることもない。むしろ邪魔者がいなくなって仕事の話に専念できるはずだ。

セレニアが願い出ると、ジュードは腕時計にちらりと視線を落とし、大きくうなずいた。

「もうこんな時間でしたか。気が利かず申し訳ない。俺はもう少し残るので、セレニアは先に戻っていてください」

「……かしこまりました」

セレニアは邸宅のほうへ足を向ける。

ちらりと振り返ると、別の招待客とジュードが話をはじめた。

愛想のよい笑みを浮かべるジュード。彼を見ていると、どうしようもない気持ちが胸の中で膨れ上がる。

（私、ジュードさまと釣り合っていないわ）

ネガティブな感情を振り払うように、セレニアは軽く頭を振った。

そしてもう一度歩き出そうとした時。

「おっと、失礼」

一人の男性とぶつかりそうになる。

男性は青色の目を柔和に細め、「申し訳ない」と謝罪の言葉を口にする。セレニアは軽く頭を下げた。

彼が誰かに呼ばれて早足に隣を通り抜けたのを見て、今度こそと邸宅のほうへ歩き出す。今度は誰にも会うことはなかった。

邸宅に繋がる扉に近づくと、数名のメイドが飲み物を運んでいた。

「大きなパーティだから大変ね。みんな、お疲れ様」

実家にいる時のように軽く声をかけると、彼女たちは唖然とした表情でセレニアを見る。

とっさに、頭の中を不安がよぎった。

もしかしたら、普通の貴族は軽々しく使用人に声をかけたりしないのではないか……と。

「あ、ありがとうございます、奥さま」

ハッとしたようにメイドの一人がそう言ってはにかむ。

その様子を見て、セレニアはほっと息を吐いた。

メイドたちに扉を開けてもらい、邸宅への廊下を進む。途中で数名の侍女が出迎えてくれた。

「奥さま。お着替えに移りましょう」

中年の侍女が優しく微笑む。セレニアは、異を唱えることなくうなずいた。

（この後は、初夜、なのだろうけれど……）

あまり期待できそうにはない。

だって、そもそも。

ジュードが仕事の話を切り上げて邸宅に戻ってくることさえ、いつになるかわからないのだから。


ドレスを脱いで、湯浴みを済ませる。

専属侍女に髪の毛を乾かしてもらいつつ、与えられた私室で初夜の準備に移った。

セレニアの後ろでは、二人の侍女がナイトドレスを見比べている。

「奥さまにはこっちのほうがいいと思わない？　ほら、色彩がぴったりよ」

「けれど、こっちのほうが形が綺麗だと思うのよ。せっかくだし……」

彼女たちは楽しそうにナイトドレスを選んでいる。その声を聞いていると、セレニアの緊張が少しだけほどけた。

「申し訳ございません、奥さま。みんな張り切っているのです」

「そうなのね」

セレニアの髪の毛を乾かす侍女の言葉にうなずいた。

彼女は披露宴前に案内をしてくれた侍女だった。ルネという名前で、鮮やかな赤毛をお団子にしているのが特徴だ。

侍女服をきっちり着こなした彼女の姿は、まさに仕事のできる女性という印象を与える。

「今までこの邸宅には旦那さましかいらっしゃいませんでしたから。やはり侍女たるもの、女主人のお世話をしてこそですもの」

ルネはセレニアにそう声をかけてくれる。その言葉は本心からのもののようで、セレニアの緊張がまた少しゆるむ。

「こんな遅くまで付き合わせてしまってごめんなさい」

近くの壁掛け時計を見て、セレニアは身を縮めた。

もうすぐ日付が変わる時刻だ。そんな時間まで仕事を長引かせてしまい、申し訳なくてたまらない。

「あなたたちにも休息が必要でしょうに……」

今にも消え入りそうなほど小さな声で言うと、ルネは「滅相もございません」と首を横に振った。

「私たちは楽しいのです」

「……でも」

「では、言い方を変えましょう。この分のお手当は、旦那さまからしっかり頂いております。問題ございません」

冗談っぽくルネが口にした言葉に、セレニアはぽかんとした。

彼女は、セレニアの罪悪感を取り除くために、わざと言葉を変えてくれたのだ。それがわかって、心に温かいものが込み上げる。

「お髪も整いましたし、ナイトドレスに着替えましょうか。……あなたたち、決まったの？」

ルネが振り返ると、二人の侍女は「はい！」と声をそろえて返事をした。

「こちらにいたしましょう！　桃色で奥様の可憐さを引き立てますし、シルエットも美しいかと！」

侍女の一人がナイトドレスを手に持ってニコニコと笑っている。

それは淡い桃色の可愛らしいものだ。……少々丈が短いのが気になるが。

（……可愛らしいけれど、私が着てもいいものなのかしら）

一抹の不安。それがセレニアの顔に出ていたらしく、ルネが肩を軽く叩いてくれた。

「大丈夫ですよ、奥さま。旦那さまのことですから、きっと褒めてくださいます」

それはただ、彼が優しいからだ。

なんて、張り切っている侍女たちを前に言うこともできず、セレニアは曖昧《あいまい》に笑うだけだった。

結局、ジュードが邸宅に戻ってきたと知らせを受けたのは、あれから一時間近くが経った頃だった。

セレニアは夫婦の寝室に案内され、ジュードを待っていた。

ルネたちは少し前にジュードの出迎えへ向かった。

その際、「良い夜を」と言われたので、彼女たちと次に顔を合わせるのは明日の朝になるだろう。

……心臓が、どくどくと音を立てている。

初夜とは一体どういうことをするのだろうか。想像だけで、心臓がはち切れそうだった。

しかし今はそれよりも、別の問題に直面していた。

(……お腹、空いちゃった)

ルネに「旦那さまがお戻りになられたようです」と言われた時、うとうとしていた意識が一気に覚醒した。それと同時に、すっかり忘れていた空腹感に気づいてしまったのだ。

だが、セレニアとて若い女性である。食い意地が張っているとは思われたくない。

(初夜の間にお腹が鳴りませんように……)

祈るような思いを抱えつつ、セレニアはジュードが寝室に来るのを今か今かと待っていた。

それから十分ほど経った頃。

寝室の扉が開き、ジュードが顔を見せた。彼は疲れた様子だったが、セレニアの姿を見て、笑みを浮かべる。

「さすがに遅くなりましたね、すみません」

ジュードの衣服は、披露宴での豪奢《ごうしゃ》なものからシンプルな部屋着に変わっていた。着飾った姿も大層美しかったが、ラフな姿もまた違った魅力がある。

見惚れそうになるセレニアだったが、ハッとして頭を下げる。

「お、おかえりなさいませ……」

これでいいのかはわからないが、無難に出迎えの挨拶《あいさつ》をした。

「せっかくの晴れの日だというのに、仕事の話ばかりで申し訳ありませんでした。ビジネスチャンスはどこにでも転がっているものだから、できるだけ逃したくなくて」

ジュードはそう言うと、寝台に腰掛けるセレニアのそばに移動した。

彼が流れるような動きで隣に腰掛けると、自然とセレニアの身体がぶるりと震える。

「おや、この香りは」

ジュードがなにかに気づいて目を瞬かせる。

ルネが用意した香油には、バラから抽出した香りが調香されていたらしい。なんでも、ルネの実家がある地方から取り寄せたという話だ。

「香油です。バラの香りなのだとか」

「そうでしたか。これはいいですね。今度展開する化粧品事業に、バラの香料を使った商品を入れても……」

独り言のように、ジュードがブツブツと呟く。

それに気を悪くする権利など、セレニアにはない。ただ、笑みを浮かべて彼を見守るだけだ。

(本当に、お仕事熱心な方なのね)

初夜に新妻を目の前にしても仕事のことを考えているくらいなのだ。よっぽど仕事が大切に違いない。

けれど、それ以上にセレニアが感じたのはその事実を突きつけられても、なんとも思わない自分自身への落胆だった。

心のどこかでわかっていたのだろう。

——自分が優先されない存在であることを。

(自分でも、気づかないうちに疲弊《ひへい》していたのね)

離れでのあの生活は、想像以上にセレニアの心に負担をかけていたようだ。

他人に期待することをやめてしまっている。今さらそんなことに気がついた。

「あぁ、すみません。仕事のことになると、ついついこうなってしまって……」

「いえ、構いません」

ジュードが軽く謝罪の言葉を口にする。眉尻が申し訳なさそうに下がっているのが面白くて、セレニアはつい、くすっと声をあげて笑っていた。

「……セレニア？」

ジュードが驚いたように首をかしげる。

セレニアは慌てて口元を手で押さえた。

「申し訳、ございません」

そして、謝罪の言葉を口にした。

こういう風に笑うのは、はしたないことだったかもしれない。

だが、ジュードは特に気にしていないように微笑みかけてくる。

「かしこまる必要なんてありません。セレニアには、そうやって自然体でいてほしいんです」

彼はそう言って、セレニアの手を取る。

「俺は生粋の貴族じゃない。社交の世界にも疎《うと》い。だから、俺の前でかしこまる必要はありません」

笑みを浮かべたジュードが優しく、穏やかに語りかける。

その言葉を嬉しく思う気持ちもある。だが、それよりもどういう反応をするのが正解なのかわからない。

長年、離れにこもって使用人たち以外と関わることなく過ごしてきた。だからそれ以外の他人と、ましてや夫という存在とどういう風に接すればいいかが想像できないでいる。

「俺はあなたと持ちつ持たれつの関係を築いていきたいと思っています。俺はあなたに苦労のない生活を提供する。その代わり……そうですね、俺に貴族としての暮らし方でも教えてください」

「ジュードさま……」

ジュードは事もなげにそんなことを提案した。

「爵位を賜《たまわ》ったといっても実際は金で買ったも同然の、しょせんは成金男爵です。けれどいつまでもそんな風に言われっぱなしでいるわけにもいきませんから」

先ほどの言葉で抱いてしまった期待が、一気にしぼんだ。

彼は自分に役目を与えてくれた。だが、それはセレニア自身に期待してのことではない。

(彼が欲しているのはあくまで、侯爵家出身の妻という存在なのだわ)

そう思って、気持ちが暗くなる。

でも、そんなことを顔に出してはならない。

「私に、できることであれば」

震えそうな声をこらえて、セレニアは言う。

「それはよかった」

ジュードが息を吐いた。

おもむろに彼の手がセレニアの頬に触れる。……壊れ物を扱うような優しい手つきに、セレニアの心臓がどくんと大きく音を鳴らした。

「遅くなりましたが、セレニア。……いいですか?」

その「いいですか?」の意味がわからないほど、セレニアは子供ではない。

閨でのことを教わる前に両親はセレニアの教育を投げ出してしまったから詳細までは知らないが、こういう時にするのは——口づけだ。

セレニアはそっと目を瞑《つむ》った。

彼の顔が近づいてきているのがわかる。吐息が肌に当たって、無性に恥ずかしくなって——突如寝室に響く、ぐぅという間抜けな音。

それは、セレニアのお腹の音だった。

(た、タイミングが、悪すぎる……!)

あまりの恥ずかしさに、顔から火を噴きそうだ。

さすがにこういう艶《つや》っぽい雰囲気になったら、空腹なんて気にならないと思ったのに。

彼の顔を見られず、視線をさまよわせる。すると、ジュードが面白そうに笑い声をあげた。

「そういえば、披露宴ではなにも食べる暇がありませんでしたね。……遅めの晩餐《ばんさん》にしましょうか」

ジュードは嫌な顔一つせずにそう言って立ち上がり、寝室を出ていこうとする。

そのあっけらかんとした態度にセレニアが驚いていると、彼は振り返ってセレニアを見つめた。

「俺は庶民の出ですから。できることは、自分でする主義なんです」

悪戯《いたずら》っぽいその言葉だけを残して、彼は寝室を出ていってしまった。

残されたセレニアは、一人呆然とすることしかできなかった。


しばらくして、ジュードが小さなトレーを持って寝室に戻ってきた。

トレーの上にある皿には小さなロールパンがいくつか載っている。

「簡単なもので申し訳ないです」

ジュードは苦笑を浮かべる。

セレニアは首を横に振った。なにかお腹に入れられるだけでありがたいし、なにより彼が自ら用意してくれたことが嬉しかった。

ジュードに勧められるがままに寝台からソファーのほうに移動し、腰掛ける。

「実は俺もわりと空腹でして。ちょうどよかったです」

彼の言葉はセレニアに気を遣わせないためのものだろう。今日一日だけでも、彼がこうしてセレニアをフォローしてくれたのは一度や二度ではない。

（もっと、お仕事にしか興味のない方だと思っていたけれど……）

たった一日関わっただけで、イメージしていた彼の印象はがらりと変わっていた。

そんなことを考えつつ、セレニアはロールパンに手を伸ばす。ほんのりと温かい。

セレニアが手に取ったパンを見つめていると、ジュードは手慣れた手つきで水差しからカップに水を注ぐ。

「どうぞ」

「……あ、ありが、とう、ございます」

彼が流れるような動きでカップを手渡してきたので、セレニアも当然のように受け取ってしまった。

こういうことをするべきは、妻である自分の役割ではないだろうか。少なくとも、主人にさせることではないはずだ。

だが、ジュードは気にするそぶりもなくロールパンを口に運ぶ。その姿を見て、セレニアも一口大にちぎったロールパンを口に運んだ。

ふわふわして、とても美味だった。少し食べるだけでも、お腹が満たされていく。

二つほどを食べ終えると、セレニアは小さく「ごちそうさまでした」と口にした。

「もういいのですか?」

そんなセレニアを見つめ、ジュードが尋ねた。

対するセレニアは、目を細めて「はい」と返事をする。

セレニアはあまり大食いではない。むしろ小食なほうだった。

そのせいか身体も華奢《きゃしゃ》、というよりも貧相なのだ。強風が吹けば簡単に飛ばされてしまうのではないかというほどに。

「そうですか」

セレニアの言葉を素直に受け取って、ジュードは残りを平らげる。三つあったパンは、あっという間にジュードの胃袋の中に収まってしまった。

(すごい食べっぷり……)

心の中で感心していると、ジュードは空になった皿を持つ。

「片づけてきます」

彼は簡潔な言葉を残して、寝室を出ていった。

やはり彼は言葉通り、自分でできることは自分でする主義らしい。

貴族だからといって、使用人に頼りっぱなしというわけではないようだ。

(お腹も膨れたし、よく眠れそうだわ)

ふとそう思って、「ふわぁ」と大きなあくびをする。だが、すぐにハッとした。

先ほどまでそういう空気になっていたのだから、このまま眠るということはないだろう。

セレニアはいたたまれない気持ちに襲われた。その気持ちを押し込めるように、カップの水を流し込む。冷たさで、少しだけ心が落ち着いた。

「……あら？　そういえば」

不意にセレニアの口から言葉がこぼれた。

そういえば、自分は大切なことを忘れていたのではないだろうか。

「私、ジュードさまのご両親にご挨拶《あいさつ》をしていないわ……」

普通なら、互いの両親の顔合わせなどもあるはず。それなのに、ジュードは自身の両親を紹介していない。

いや、むしろ……

(いいえ、ジュードさまのご親族は参列されていなかったわ)

今さらそんな重大なことに気がついて、セレニアはどうしようかと悩む。

彼に尋ねるか、尋ねないか……

(親族のことだもの、きちんと知っておくのは大事なことだわ……)

葬儀や結婚、それ以外にもなにかと付き合いが必要なことはあるだろう。なにも知らないでいるわけにはいくまい。

とりあえず、聞くだけ聞いてみよう。もしかしたら、遠方に住んでいたり、身体が悪かったりして式に来ることができなかったのかもしれない。

それなら手紙の一通くらい送るのが礼儀というものだ。

セレニアがそんなことを考えていると、寝室の扉が開いた。

「遅くなりました」

ジュードが戻ってきたのだ。

「ついでに軽く片づけを済ませていまして。……この時間に使用人を起こすのは忍びないので」

さも当然のように言って、彼はセレニアの隣に腰を下ろす。

どこか、疲れた顔をしていた。

「ジュードさま」

セレニアは意を決して彼に声をかける。

「どうしましたか？」

ジュードはセレニアに視線を向けて、言葉の続きを促した。

どういう風に尋ねようか。少し迷って、セレニアはおずおずと口を開く。

「その、お尋ねしたいことが……」

「尋ねたいこと？」

「はい。私、ジュードさまのご両親にご挨拶《あいさつ》をしていない、です、よね……」

最後のほうは、はっきりとは言えなかった。

セレニアを見るジュードの目が、どんどん鋭くなったからだ。

「ええと、必要がないのであれば、いいのです。ただ、遠方にいらっしゃるとか、そういったことなら、せめてお手紙だけでも……」

「——必要ありません」

鋭い声がセレニアの耳に突き刺さる。

ジュードはずっとセレニアに穏やかな声で話しかけてくれていた。

それなのに、今はまるで違う。低く、地を這《は》うような、苛立《いらだ》ちの含まれる声だ。

「挨拶《あいさつ》はいりません。手紙も、不要です」

「……あ、あの、その」

「あまり俺に深入りしないでください。……そういうの、困るんです」

はっきりとした拒絶の言葉だった。

胸を突き刺されたような痛みに襲われて、セレニアは身を縮める。

余計なことだと真正面から言われてしまった。

「も、申し訳、ございません……！　出すぎた真似、でしたよね……」

そうだ。自分はしょせん、買われた身。

余計な真似をしようなどと思わなければよかった。

ただ、少しでも彼の役に立ちたくて、彼との間に信頼関係を欲してしまっただけ……

（そんなの、ジュードさまには必要ないのに）

どうしようもない気持ちが胸を支配して、苦しささえ覚えてしまう。

胸の前でぎゅっと手を握っていると、肩にぽんっと優しく手を置かれた。

恐る恐る視線を向けると、ジュードがセレニアを見つめていた。

「強く、言いすぎました」

「ジュードさま」

「ただ、深入りしないでほしいというのは本当です。あなたが知る必要はないことですから。どうか、俺のことについてはお構いなく」

傷ついているのはセレニアのはずだ。それなのに、どうしてなのだろうか。

そう告げた彼のほうが、苦しそうな表情をしているように見えて仕方がなかった。

セレニアはなにも言えず、ただ、この件に関しては詮索《せんさく》するまいと決めた。

(ジュードさまを傷つけないためにも、私自身が傷つかないためにも……)

それが最善のような気がしたのだ。

「すみません、セレニア」

彼がどこか苦しそうな声で謝罪する。

「……いいんです、気にしていませんから」

嘘だ。本当はとても気にしている。

けど、これ以上彼に気を遣わせたくない。その一心だった。

そんなセレニアの様子が彼にはどう見えたのだろうか。彼は静かに「ありがとうございます」と礼を口にした。

「あぁ、そうだ。せっかくなので、これを持ってきていたんです」

ふとジュードが話題を変える。そして、ポケットから個包装の小さなクッキーを取り出した。どこかの店で売られているもののようだ。

クッキーは中心がくぼんでおり、その上にはたっぷりと真っ赤なジャムが載っている。

一目見て、とても美味《おい》しそうだと思う。

「……これは？」

クッキーを見つめながら、セレニアが尋ねる。すると、ジュードは悪戯《いたずら》っぽく笑った。

「夜中に食べるお菓子は、美味《おい》しいのですよ」

彼の言葉の意味がわからない。

ぽかんとするセレニアをよそに、ジュードは包装からクッキーを取り出す。

きらきらとしているように見える真っ赤なジャムは、イチゴだろうか？

想像するだけでイチゴの甘酸っぱい味が口いっぱいに広がって、ごくんと唾を呑む。セレニアの視線はクッキーに注がれていた。

「はい、どうぞ」

彼がクッキーをセレニアの口元に持ってくる。

……人に食べさせてもらうなんて、はしたないことだ。でも、クッキーの魅力には勝てなかった。

（……甘い）

そのクッキーは、今まで食べたどんなお菓子よりも甘かった。

甘さ自体は控えめのはずだ。なのに、どうしようもないほどに甘やかに感じられる。

イチゴジャムの酸味、香ばしく、ほんのりと甘みを感じさせる生地。……美味《おい》しくて、たまらない。

「美味《おい》しかったですか？」

彼に問われて、セレニアはためらいなく首を縦に振った。

すると、彼が笑みを深める。その表情はどこか子供っぽくて、無邪気なものに見えた。

その笑みを見ていると、セレニアの胸の奥がきゅうっと締めつけられる。

「よかったです」

ジュードが穏やかな声で言う。

先ほどの拒絶なんてなかったことにするような。元に戻ったような。そんな雰囲気だった。

セレニアは、自然とほうっと息を吐く。

目を瞑《つむ》って、一旦呼吸を整えて。ゆっくりと目を開けて——

「きゃぁっ！」

視界いっぱいに広がっていたジュードの整った顔に、とっさに悲鳴が上がる。

どくんと高鳴った自身の鼓動に戸惑ったセレニアをよそに、ジュードはどんどん顔を近づけてくる。

「っ！」

彼の舌が、セレニアの唇の端を舐めた。

身体が硬直した。すぐに逃げようと身をよじったものの、ジュードの手に後頭部を掴まれ、それは叶わない。

さらに彼はそのまま、触れるだけの口づけを落としてくる。

「んっ」

角度を変えて何度も行われる口づけに、頭がくらくらしてしまう。

身体からどんどん力が抜けていく。

気がつくと、後頭部を掴んでいたはずのジュードの手は、いつの間にかセレニアの腰に移動していた。

「ぁ、あっ」

逃げたくてたまらない。それなのに、ずっとこうしていたい。

矛盾する気持ちを抱えて、セレニアは少し離れたジュードの顔を見つめる。

ぼうっとする意識の中、彼がくすくすと笑った。

「……セレニアは、とても可愛らしいですね」

耳元で囁《ささや》かれる甘ったるい声。

心臓が大きな音を鳴らす。鼓動がどんどん駆け足になって、身体の芯が熱くなっていく。

「唇の端にジャムがついていたので、ちょっと悪戯《いたずら》してみたのですが……。やっぱり、俺も我慢ができそうにないです」

ジュードはなんでもない風に言うと、立ち上がってセレニアを軽々と横抱きにした。

突然身体が宙に浮いて、セレニアは驚きの声をあげる。それを気に留めることもなく、ジュードはその足を寝台のほうに向けた。

「あ、あの、まっ！」

待って――と言おうとしたのに、ジュードが足を止めることはない。

「あなたが可愛いのが悪いんですよ」

挙句、見事なまでの責任転嫁だ……。などと思う間もなく、寝台に下ろされる。

すぐさまセレニアの身体に覆いかぶさるように、彼も寝台に乗り上げた。巨大な寝台は、大人二人が乗ったところでびくともしない。

「そんな風に見つめられると、意地悪したくなってしまうのですが」

彼をじっと見つめることしかできないセレニアに向かって、ジュードがそんなことを告げる。

少し上がった唇の端は、どうしようもないほどに色気を感じさせた。

「ジュード、さま」

唇が彼の名前を紡ぐと、もう一度触れるだけの口づけを落とされた。

ついばむような口づけのたびに、身体から余計な力が抜けていく。

「唇を開いて」

優しく指示されて、セレニアはおずおずと唇を開く。

するとジュードがもう一度口づけてくる。しかし、今度は先ほどのものとは違った。

「ふぁっ……！」

うっすらと開いたセレニアの唇に、ジュードの舌が差し込まれた。

（ぁ、なに、これぇ……！）

舌は甘い味がした。きっと、先ほど舐めとられたジャムの味なのだろう。

「んっ、んぅ……」

ぼんやりとする脳内。意識が口づけにひっぱられる。

ジュードの舌が口蓋を舐め、歯列をなぞった。さらには頬の内側をつつかれて、舌を吸われる。

抵抗する気力など失われて、セレニアは彼にされるがままになってしまう。

（……ぁ）

どうしてか、身体の奥底がゾクゾクとしてくる。

うまく言葉に表せない感覚が背筋を伝って、身体が熱を帯びる。

ジュードの指がセレニアの身体をなぞるたびに、じんじんと熱を持つようだった。

（お、かしい……）

どうして、自分は口づけだけでこんなにも反応してしまっているのだろうか……

口元から聞こえてくる、くちゅくちゅという水音が恥ずかしい。耳をふさぎたい衝動に駆られるも、そんなことをするわけにはいかないと、思考のどこかが訴えてきた。

「んっ、んんぅ」

他人の舌が自分の口内にあるというのは、未知の感覚だった。

それに翻弄《ほんろう》されながら、セレニアは身をぶるりと震わせた。すると、ジュードの唇がようやく離れていく。

体感で一時間以上にも思えた口づけは、セレニアから冷静な判断能力を奪っていた。

「……セレニア」

ジュードの指が、セレニアのナイトドレスにかかる。彼の優しい声に、脳がしびれるようだった。

先ほどまで食事をしていたとは思えないほどの艶《なま》めかしい雰囲気。

思わず、セレニアは息を呑む。

これから、初夜がはじまるのだ。たとえ形式的なものだとしても。

セレニアが身を硬くしていると、ジュードの手がナイトドレスのボタンに触れた。

彼の指がボタンをぷつり、ぷつりと外していく。こういう際に身にまとうナイトドレスは、前をボタンで留めただけのシンプルなものが多い……と、侍女から聞いた。

そして、とても脱がせやすいのだとも。

セレニアはあっという間に素肌をジュードの眼下に晒《さら》されていた。

「綺麗な身体ですね」

セレニアを見下ろして、ジュードが感想を口にする。

その言葉が無性にくすぐったくて、セレニアは身をよじった。しかし、ジュードの手が逃さないとばかりにセレニアの身体を押さえる。

「隠さないでください」

彼の目が欲情しているのに気がついてしまって、セレニアの頬がカッと熱くなる。

「み、みな、いで……。明かり、消してください……」

ちらりと明かりに視線を向ける。その言葉を聞いたジュードは納得したように大きくうなずいた。

「じゃあ、消しますね」

彼がさっと明かりを消す。

室内を照らすのは、就寝時用の小さなオレンジ色の明かりだけ。

満足げにうなずいたジュードは、セレニアの首筋に顔を埋めた。

「ぁ、ひゃっ」

首筋にかかっていた金色の髪の毛を丁寧に払われる。

そして、首筋に温かいなにかが這《は》うような感覚。

(ぁ、これ、舐められて、いるの……？)

これは、きっとジュードの舌だ。

舐められるのは、心地いいような悪いような。セレニアにとって不思議なものだった。

なのに、どうしてだろうか。……不思議と、お腹の奥底が疼《うず》いてしまう。

(こんなの、はじめて……)

アルフたちとじゃれる時に、顔や首筋を舐められることはあった。でも、全然違うのだ。

夫となった男性にされることだからなのか、身体が反応してしまう。

「力を抜いてください。……そんな、硬くならないで」

「で、ですが……」

「大丈夫ですよ。ひどくはしませんから」

ジュードはセレニアの首筋に口づけ、白い肌を吸い上げた。

何度も何度もそうされて、セレニアの肌に赤い痕《あと》が散っていく。

「セレニア。ほら、大丈夫」

あまりにもセレニアが身体を強張らせているからなのだろうか。ジュードはセレニアを落ち着かせるように、手で髪の毛を梳いた。

「あなたを痛めつけたりはしません。……ただ、気持ちよくなっていただくだけです」

彼が優しくそう告げてくれる。そのおかげなのか、徐々に緊張がほどけていくのがわかった。

それを見計らったように、ジュードの指がセレニアの身体をなぞっていく。

「ぁあっ、んっ」

彼の指がセレニアの身体を這《は》うたびに、ゾクゾクとしたものが駆け上がってくる。

指が胸のふくらみに辿りつくと、手のひらでそっと包み込んでくる。平均的なサイズの乳房は、ジュードの手のひらにすっぽりと収まってしまった。

彼が強弱をつけて、セレニアの胸を揉みしだく。

「んんっ」

お世辞にも気持ちいいとは思えない。それなのに、口からは艶《なま》めかしい吐息がこぼれてしまって、止まらない。

自分が発した吐息の艶《なま》めかしさに、自分が一番驚いていた。

「可愛いですよ」

思わず漏れたというような声で、ジュードが囁《ささや》いた。

それから彼のもう片方の手がセレニアの頬に添えられ、また口づけられる。

「……ジュード、さま」

ゆっくりと彼の名前を口にしてみると、彼は柔らかく微笑んだ。

「そうですよ」

彼が嬉しそうに、深くうなずく。

ジュードはセレニアの胸を堪能するように手のひらを動かし、同時にセレニアの唇に口づける。

何度も何度も触れるだけの口づけを落とされて、身体の芯がさらに熱を持った。

「セレニアの胸は、とても触り心地がいいですね」

ジュードはボソッと呟いて、セレニアの胸のふくらみから手を離した。

今度は指が、先端に触れる。

「ひゃいっ！」

突然の刺激に、セレニアの口から可愛らしい悲鳴がこぼれた。

それが嬉しかったのか、ジュードはくすくすと笑いながらもセレニアの乳首を入念に弄《いじ》りはじめた。

優しく触れたかと思えば、指でつまんでぐりぐりとつねられる。徐々に硬くなっていく乳首を弄《もてあそ》ばれて、身体の奥の奥に眠る官能が引き出されていく。

「ぁ、や、やめっ……あっ」

指の腹で強く押し潰されると、感じたことのない感覚が背筋に走った。

身体を揺らして、首を横に振る。

「こういうのがいいんですね」

彼がにっこりと笑って、セレニアの乳首を強くつまんだ。

「優しくされるより、強引なほうが好みですか」

「ち、ちが……」

「違わないですよね」

穏やかなのに、反論を許さないような口調で指摘される。

口からは否定の言葉がこぼれていた。でも、セレニア自身にも本当はわかっているのだ。

——自らの身体が、それを望んでいることを。

下腹部がきゅんとして、触れてほしいとねだってしまいそうになる。

「こっちにも、痕《あと》をつけましょうね」

ジュードがセレニアの胸に口づける。今度は、セレニアの目にも赤い痕《あと》がはっきり見えた。

あまりの恥ずかしさに、頬が熱くなる。

「綺麗でしょう？」

彼がセレニアの目を見て、問いかけてくる。

「セレニアの肌は白いから、赤がよく映えるんですよ。ああ、赤いドレスも似合いそうですね」

至極楽しそうに言われて、セレニアは戸惑う。

しかし、それよりも身体の疼《うず》きに意識をひっぱられた。

ジュードの指は相変わらずセレニアの乳首を好き勝手に弄《いじ》っている。しまいには爪で軽くひっかかれて、ぴりりとした軽い痛みを感じた。それなのに、その刺激さえも心地いい。

口元に手の甲を押しつけて、声を我慢しようとした。だが、その手はジュードによって、いとも簡単にどけられてしまう。

彼はセレニアの目を真っ直ぐに見つめてきた。

「声、我慢しないでください」

セレニアは首を縦に振ることしかできない。

「……あぁっ」

「そう。それでいいんですよ、良い子ですね」

セレニアが小さく声をあげると、彼はそれだけで褒めてくれた。

褒められ慣れていないせいか、胸の奥が喜びを覚える。

けれど、ジュードの手が下腹部に伸びて、そちらへ意識を持っていかれてしまった。

「よかった。きちんと濡れていますね」

ジュードの指が、下着越しにセレニアの蜜口に触れた。

そこは少し湿っているようだった。恥ずかしくてたまらなくなる。

「ぁ、あっ」

彼の指が布越しにトントンと軽くそこを叩く。

蜜がさらに溢れ出るのが、セレニア自身にもよくわかってしまった。

(わ、私……)

もしかしたら自分は今、とんでもない痴態《ちたい》を晒《さら》しているのではないだろうか……

セレニアは足を閉じようとした。だが、ほかでもないジュードにそれを阻《はば》まれる。

縋《すが》るように彼の目を見つめると、彼はにっこりと笑うだけだった。それだけなのに、セレニアはなにも言えなくなってしまう。

秘所を刺激されて、セレニアは自身の身体がさらに熱を持つのを実感した。

小さく声が上がり、そのたびに蜜がこぼれ出てくる。

「ここ、直接触りますね」

ジュードが下着に手をかけ、するりとはぎ取った。あまりにも滑らかな動きに、抵抗する隙すらない。

「ぁ、あっ」

ジュードの指が入り口に押しつけられる。ほんの少し進んだところで、指がうごめいた。

自分でも触れたことのない部分に触れられている。その感覚に、途方もない恥ずかしさが込み上げてくる。

「やっ、ぁ、あっ」

ぐちゅぐちゅと水音が響いている。

——恥ずかしい。

そんな感情に支配されて、セレニアは必死に首を横に振った。

やめて。やめてほしい——

セレニアの気持ちが伝わっていないはずはないのに、彼は指を動かすことをやめようとしない。

「やっぱり狭いですね。もう少し慣らさなくてはいけませんか」

セレニアの蜜壺から、ようやく指が引き抜かれる。ほっとしたのも束の間、今度はすぐ上にある花芯に手を伸ばされた。

「……や、や、なに？」

「ここが一番気持ちいいんですよ」

ジュードは柔らかくこねるように、指をゆっくりと動かした。

瞬間、感じたことのないほどの強い快楽が身体に走る。

「ぁ、あっ、あんっ！」

溢れた蜜をまとった彼の指はぬるぬるして、信じられないほど気持ちがいい。

身体中をしびれるような快楽が駆け抜けて、セレニアは白い喉をそらして大きく声をあげた。

「あっ、あぁっ！」

「そう、いいですよ」

ジュードはセレニアのその声さえも、優しく褒めてくれた。

けれど、指の動きは容赦《ようしゃ》がない。セレニアに快楽を覚えさせるように、責め立ててくるのだ。

蜜を敏感な花芯に塗りたくるように、彼の指が動く。

強すぎる快楽からか、涙がこぼれた。

「あぁ、もっと溢れてきましたね。気持ちいいですか？」

ゆがむ視界の中、ジュードがニコニコと笑っているのがわかる。

心の中でそう悪態をつきつつも、セレニアはおずおずと首を縦に振った。

（……いじわる）

下着越しに蜜口に触れられていたのも、驚くくらい気持ちよかった。しかし、直接花芯を弄《いじ》られる快感には敵わない。

ジュードの指が、セレニアの官能を強引に引きずり出す。

「ぁっ、あんっ、まって、まって……！」

このままでは、ダメになってしまいそうだった。

自分が自分じゃなくなってしまうのではないか……

そんな不安が胸の中を駆け巡って、セレニアはジュードに止めてほしいと懇願《こんがん》する。なのに、指は止まる様子がない。

「いっそ、一度いけるところまでいってしまえばいいんですよ」

ジュードが花芯をぎゅっとつまんだ。

「ぁっ！　やめ、やめ、てぇ……！」

優しいのに激しい指の動きに翻弄《ほんろう》されて、背中がのけぞった。

それさえもお構いなしとばかりに、ジュードはセレニアの敏感な場所を虐め抜く。

その上、自身の唇をセレニアの乳首に近づけ、舌先でちろちろと舐めてきた。

「や、やだっ！　いっしょ、やだぁ……！」

こんなの、おかしくなってしまう……

もう、淑女としての矜持《きょうじ》も投げ捨てて、セレニアは泣き叫んだ。

嫌だ、こんなの嫌だ。快楽が苦しくて、苦しくて、たまらない。

それ以上に、ジュードに痴態《ちたい》を晒《さら》してしまっていることが、なによりも嫌だ。

（や、み、みないで、おねがい、みないで……）

ジュードの目がセレニアをじっと見つめている。

みっともなく乱れた顔なんて、見られたくない。

手で顔を隠そうとすると、ジュードが乳首を甘噛みしてくる。

「顔は、見せてください。……セレニアの感じている顔が見たい」

穏やかなのに拒否を許さない口調だった。

セレニアは手をシーツの上に投げ出す。

その仕草を見て、ジュードはまるで「良い子」と言うかのように、乳首を優しく舐めてきた。

「ぁあっ、あんっ、やめ、やめ……だめ、なのぉ……！」

手がシーツを掻く。涙がぽろぽろとこぼれていく。

腰は無意識のうちに快楽を求めるように動いていて、身体が汗ばんでいく。

「イキそうですか？　それとも、もっと気持ちよくなりそうといったほうが、わかりやすいですか？」

「ぁっ、お、かしく、なりそうっ……」

「それはいい。そのままその感覚に身を委《ゆだ》ねてください」

その言葉はセレニアにとって、どこまでも残酷なものだった。

このまま快楽に身を委《ゆだ》ねてしまえば、戻れなくなってしまう。

セレニアはぶんぶんと首を横に振った。

「ほら、気持ちよくなりましょうね。良い子ですから」

まるで幼子に言い聞かせるかのような口調で、ジュードはセレニアに絶頂を促す。

セレニアの背中がのけぞり、つま先が自然とシーツを掻く。

「……ぁ」

セレニアが絶頂したことに気づいたのか、ジュードの指が花芯から離れていった。

ほっと息をついたのも束の間、彼の指がまた蜜壺に入ってくる。

（え、ちょ、ちょっと、待って……！）

心の中では言えるのに、口からは言葉が出てこない。

絶頂の余韻《よいん》から身体にうまく力が入らなくて、抵抗することもできなかった。

もう、完全にされるがままだ。

ジュードの中指がセレニアの中に侵入する。その感覚は、やはり苦しいものだった。

先ほど味わった絶頂は気持ちがよくて、意識が飛んでしまいそうだった。しかし、この行為がもたらすのは快楽ではない。明らかな異物感だけ……。身体が強張って、意識がはっきりする。

「ぁ、あっ」

「辛いですか？」

辛そうな声をあげたせいか、ジュードが優しく問いかける。

セレニアは必死でうなずいた。

なのに彼は指を抜いてはくれない。それどころか、狭い道を広げるかのようにうごめきはじめる。

「ですが、少し我慢してくださいね」

そのまま内壁を撫《な》でられる。

不思議な感覚にセレニアは身を震わせるものの、ジュードが指を止める気配はない。セレニアを優しく昂《たかぶ》らせるばかりだ。

身体は辛いと訴えている。なのに、蜜壺からは止めどなく蜜が溢れ出ているのがわかった。

それはシーツさえも汚してしまっているようで、羞恥心からどんどん顔が熱くなる。

「……ぁ」

指がある一点に触れた時。セレニアの身体がぴくんと反応した。

そこはちょうど花芯の裏側にあたる場所だった。思わず声をあげてしまうと、ジュードの指がもう一度そこをこすった。

「ここが、いいんですか？」

彼の指が何度も何度もそこに触れる。重点的に責められて、セレニアは自身の身体がまた昂《たかぶ》っていくのがわかった。

「ぁ、あっ、やぁっ！」

身体の芯が熱を持って、ゾクゾクとしたものが這《は》い上がってくる。

「あぁ、もっと溢れてきました。これなら、もう一本入りますね」

彼が恐ろしいことを呟いたような気がする。

けれど抵抗なんてできずに、セレニアは与えられる快楽を受け取ることしかできなかった。

感じるところを執拗に弄《いじ》られて、さらに蜜がこぼれる。

気がつくと、セレニアの秘所に埋まる指が二本に増えていた。それらは確実にセレニアの身体から官能を引き出していく。

身体がびくんと跳ねるたびに、ジュードが楽しそうに声をあげて笑う。それさえも恐ろしくて、セレニアはぎゅっと目を瞑《つむ》った。

「あぁあっ！　んっ！　あんっ！」

「セレニア……可愛い」

耳元で囁《ささや》かれて、蜜壺がきゅっと締まる。

ジュードは器用にも手の付け根で花芯をも撫《な》でてきて、セレニアはもう、乱れることしかできない。

「あぁっ！　いっしょ、いや、いやなのぉ……！」

膣内の最も感じる部分と、外の敏感な花芯。特に花芯は一度の絶頂を経て、さらに敏感になっていた。それはセレニアに途方もない快楽を与えてくる。

溢れる涙を拭うこともできずに、セレニアは声をあげ続けた。

「また、おかしくなっちゃう、からぁ……！」

自然とセレニアの口がそんな言葉を紡ぐと、ジュードが耳元に唇を近づけた。

「いいですよ、イってください。セレニアの可愛い顔を、たくさん見せて」

優しい声が絶頂を促す。その言葉に、身体が震えた。

感じるところを同時に刺激されていると、我慢なんて長くは続かない。

「ぁあっ！」

大きな声をあげて、セレニアは二度目の絶頂を迎えた。

蜜壺がぎゅうぎゅうと締まって、なにかをねだる。

荒い呼吸を繰り返すセレニアを見て、ジュードが口角を上げた。

その姿は色っぽくて、身体の芯がまた熱を持つ。

熱くて、熱くて。熱がちっとも引いてくれない。

（やだ、わ、私……）

一体いつの間に、こんなにも淫らな身体になってしまったのか……

ジュードの指がセレニアの蜜壺から引き抜かれた。指は蜜で濡れそぼり、橙色の光に照らされて、てらてらと光っている。

その光景はあまりに淫靡《いんび》で、セレニアは直視できなかった。

「快楽を感じるセレニアは、すごく可愛かったですよ」

ジュードはそう言うと、セレニアの唇に口づけを落とした。

触れるだけの口づけを、一度だけ。

唇が離れると、ジュードは濡れていないほうの手で、セレニアの涙を拭ってくれた。

「……可愛らしい顔ですね」

彼がそう呟いた。その「可愛らしい」には情欲がこもっているようで、セレニアは身震いをした。

処女にとって、男性の欲のこもった視線は毒でしかない。それは、セレニアにもよくわかる。

わかるのだけれど……身体は、疼《うず》いてしまうのだ。

期待からなのか、セレニアはごくりと一度だけ唾を呑み込む。

「セレニア、どうしましたか？」

ジュードが優しく問いかける。だが、セレニアにとってその問いかけは意地悪でしかない。

(私に言わせるつもりなの……？)

セレニアの身体がどうしようもないほど疼《うず》いているということに、彼は気がついているはずだ。

二度も絶頂したというのに、セレニアの身体はまだまだ熱を帯びている。

ジュードの熱を孕《はら》んだ視線に感化されたのか、自分がひどく淫らな存在に思えてならない。

セレニアはそっと視線を逸らした。

「……セレニア」

労るような声で、ジュードが名前を呼ぶ。彼はセレニアの華奢《きゃしゃ》な身体を抱き起こすと、力いっぱい抱きしめてきた。

セレニアは驚きに目を丸くすることしかできない。

「ジュードさま……？」

ゆっくりと彼の名前を呼ぶ。すると彼はさらに強くセレニアの身体を抱きしめる。

「セレニアが、欲しいんです。……挿れても、いいですか？」

欲情のこもる声だった。

（ジュードさまも、苦しいのよね……）

縋《すが》るように抱きしめられて、セレニアは拒絶できなかった。

いや、もとから拒絶などするつもりはなかったというほうが正しいのだろう。

「……はい」

セレニアは今にも消え入りそうなほど小さな声で返事をした。

貪《むさぼ》るような口づけが降ってくる。

今までとは全然違う、捕食するかのような荒々しい口づけに、セレニアの脳内が白く濁《にご》っていく。

同時に、淫らな気持ちが膨らんでいくのがわかった。

「セレニア……」

ジュードの手が、セレニアの身体を再度寝台に押し倒す。

そして彼は、自身の衣服に手をかけた。

「セレニアが、辛い思いをすることがなければいいのですが……」

それは一体どういう意味なのだろうか。

セレニアが疑問に思っていると、視界の端に入ったのはそそり立つジュードの欲望。

それがひどく大きく見えてしまって、セレニアは一度だけ息を呑む。

（あんなものが、入るの……？）

あんなにも太いモノが自分の身体に入るのだろうか……？

不安から、逃げ腰になってしまった。

しかし自分はジュードの妻だ。それも形式的なものとはいえ、初夜なのである。

今夜、彼を受け入れるのは妻としての義務だった。

頭の中でいろいろな言葉がぐるぐる回っているセレニアをよそに、蜜口に熱いものが押しつけられる。

「……いいですか？」

お願いだから、そうやって優しく聞かないでほしい。

いっそ、乱暴に奪ってくれたほうが楽なのに……

「……」

けれど、それを口にすることはできなかった。

代わりに、ただ静かにうなずく。

するとジュードの先端が、浅く入ってきた。

数回軽くこすりつけた後、ジュードがゆっくりと腰を押し進める。

「……ぁっ」

熱くて硬くて、太い。

そんなジュード自身がセレニアの中に侵入する。

恐ろしくて逃げようとしてしまうと、ジュードに腰を掴まれた。

「セレニア……すみません」

身体を震わせるセレニアに気がついたのか、ジュードは謝罪の言葉を口にした。

しかし言葉とは裏腹に、その手には逃げることを許さないとばかりに力がこもっている。

熱杭も容赦《ようしゃ》なく奥へ、奥へと進んでいく。

(……あ、つい)

はくはくと口を動かして、なんとか恐怖を逃がそうとしたのだが——

「あぁっ、い、たいっ！」

ジュードが一気に腰を押し進めた。セレニアは耐えられず、大きな悲鳴をあげる。

「う、ぁあっ」

強い痛みに、自然と涙がこぼれた。

そんなセレニアを見下ろしていたジュードは、唇に触れるだけの口づけを落としてくる。

それはまるで、よく頑張ったと褒めてくれているかのようで……

「全部、入りましたよ」

宥《なだ》めるように、ジュードがセレニアの髪を優しく梳く。

……全部、入ったのか。あんなにも、大きなモノが。

頭の片隅でそう思うものの、下腹部の痛みに意識が集中するばかりで、実感が湧かない。

(……私、ジュードさまのものに)

これで、セレニアは正真正銘ジュードの妻なのだ。

なんとも言えない感情が胸を支配する。

手の甲で目元を覆う。今回ばかりはジュードも咎《とが》めてはこなかった。肩を揺らしながら息をして、ゆっくり心と呼吸を整える。

「……セレニア」

ジュードがセレニアの首筋に顔を埋めて、そこにまた口づけてきた。

不思議なもので、そうされていると少しずつ落ち着いていく。

(……くすぐったいのに)

なのに、なぜだか安心できる。

ほっとしたせいか、下腹部の痛みも徐々に我慢できないものではなくなってくる。

セレニアが目元を覆っていた手をどけると、ジュードとばっちり視線が合った。

(……ぁ)

彼の瞳には相変わらず欲情の火が灯っていて、セレニアの心に訳のわからない感情が芽生えていく。

彼と見つめ合うことさえできなくて、今度は顔ごと彼から逸らした。

「あの、セレニア」

ジュードがどこか苦しげに、声をかけてきた。

「……ひどくしてしまったら、すみません」

なぜか彼は謝罪の言葉を口にする。

一体なんのこと――と思ったのも束の間。ジュードは激しく腰を動かしはじめた。

「ひゃぁっ」

熱杭をギリギリまで引き抜いて、かと思えば一気に奥まで押し進める。

突然の動きに、セレニアは大きな悲鳴をあげた。

下腹部はまだ馴染んでいないのか、異物感でいっぱいだった。

「ああっ、あんっ！　ひゃぁっ！　や、やぁっ！」

首をぶんぶんと横に振って、言葉にならない声をあげる。

嫌だと必死に伝えているはずなのに、ジュードの動きは容赦《ようしゃ》ない。

セレニアの奥の奥を犯すかのように、何度も何度も突いてくる。

「あぁ、セレニアの中、気持ちいいですよ……」

うっとりとしたような声が降ってきた。

けれど、そちらに意識を向けることもできず、ひたすら揺さぶられて、ジュードの好きなように身体を貪《むさぼ》られる。

その恐怖におののきながらも、彼の剛直がセレニアの良いところに当たるたび、身体は反応してしまう。蜜壺が嬉しそうにきゅっと締まって、ジュードを締めつける。奥から蜜が溢れてくる。

「あぁ、馴染んできた」

ジュードが呟く。

彼の動きは徐々にスムーズになっていた。

それに、はじめは痛みしかない行為だったのが、今では確かな快感を覚えている。

感じる部分をこすられるたびに、あられもない悲鳴をあげてしまうほどに……

「ここが、いいんでしたね」

「あっ！　そこ、だめぇっ!!」

ジュードはセレニアを感じさせようと、先ほど指で触れた時に暴かれてしまった弱点を狙って責め立てた。セレニアの反応を見て、より強い刺激を与える角度を探って何度も突いてくる。

どれだけ逃げようともがいても、ジュードは逃がしてはくれない。

「ぁあっ、や、やめ、ま、まって……！」

全身を押さえつけられて、身動きを封じられたまま言葉だけでも制止を乞おうとする。

けれどその声すらジュードを興奮させる材料になってしまったのか、彼はセレニアの細い腰を掴み、お互いの下腹部が密着してなお奥に入り込もうとするように腰を押しつけてきた。

熱杭は硬く滾《たぎ》り、切っ先が弱いところを何度も何度もこすり、突き上げる。

セレニアはまたぼろぼろと涙をこぼしていた。けれど、それは苦しいからではない。感じすぎるのを恐れる涙だった。

「セレニア、泣かないで」

ジュードがセレニアを宥《なだ》めようと声をかけるが、涙を止める方法がわからない。

自分はこんなにも淫らだったのかと思ってしまうと、情けなくてたまらなかった。

自分の身体なのに、まるで他人のもののようだ。

セレニアの目元になにかが触れた。驚いて目を見開くと、それはジュードの舌だった。

彼はセレニアの涙を舐めとって、艶《つや》っぽく微笑む。

その微笑みに感化されたかのように、蜜壺がきゅっと締まった。

「っ、セレニア、もう、出してもいいですか?」

セレニアはこくんと首を縦に振った。

これで、ようやく終わるのだ。

一際強く突き上げられ、最奥に熱いものが放たれる。……これが、ジュードの達した証なのだろう。

(……ぁ)

自然とそこに意識が集中してしまう。

対するジュードは、一滴残らずセレニアの中に注ぎ込んで、楔《くさび》を引き抜いた。

ジュードの放った欲がこぼれ落ちる。そこにはかすかな朱が混じっていた。

「よかったですよ、セレニア」

肩を揺らして息をするセレニアに、ジュードは嬉しそうに声をかけてくれた。

どうやら、彼も満足してくれたようだ。

セレニアが瞼《まぶた》を落とし、睡魔に身を任せようとした時だった。

「……あぁ、ですが。やっぱり、ひどくしてしまいそうですね」

ジュードの呟きが耳に届く。

言葉の意味がよくわからなくて、セレニアはゆったりと瞼《まぶた》を上げる。

ジュードの熱杭は、硬いままだ。

(もしかして、まだ終わらないの……?)

少なくともセレニアはもう充分に満足していたし、なにより身体が限界だった。

「すみません、セレニア。まだ寝かせてあげられそうにない」

ジュードはセレニアの蜜口にもう一度先端を押しつける。

「え……?」

驚いて腰を引こうとするものの、ジュードはセレニアの細腰を抱き寄せて、笑った。

「まだまだ、付き合ってくださいね」

その笑顔は天使のようと言っても過言ではない。

けれど口にした言葉は――もはや、悪魔そのものだった。

(ど、どういう、こと……?)

混乱するセレニアをよそに、ジュードがまたセレニアの中に入り込んでくる。

あっさりと最奥まで辿りつくと、遠慮なく腰を動かしはじめた。

「ぁあっ！　だめ、も、もう、だめ……！」

彼自身が放った欲と合わさって、先ほどよりもスムーズに怒張が出入りする。

痛みはない。苦しさもない。

ただ、今度は——おかしくなってしまいそうなほどの快楽が、セレニアを襲った。

「やぁっ……！」

「あぁ、セレニア、セレニア」

ジュードが何度も何度も欲情した声でセレニアを呼ぶ。

その声にセレニアの身体は反応してしまう。

蜜壺をぎゅっと締めつけて、ジュードが欲を放つのを促す。

「ああっ！　あんっ！」

淫らな声をあげていると、不意にジュードの手がセレニアのほうに伸びてきた。

今度は、なんなのだろうか……？

不安を感じるより前に、ジュードはその指でセレニアの乳首をつまんだ。

「んっ⁉」

そのまま指の腹でぐりぐりとこねられて、途方もない快楽が駆けまわっていく。

もう喘《あえ》ぐことしかできなくなって、思考を投げ出してしまう。

先ほどまで処女だったとは思えないほど、セレニアは感じさせられていた。

敏感な場所をこすられるのが気持ちいい。乳首を責められるのが気持ちいい。

背をのけぞらせ、白い喉を晒《さら》す。喉からは絶え間なく甘ったるい嬌声《きょうせい》が溢れたが、セレニアはそれを自身の声だとは信じたくなかった。

「つはぁ、セレニア……もう一回、出しますね……」

セレニアを快楽の渦に叩き落としながら、ジュードがそんな言葉を発する。

彼の熱杭が寸前まで引き抜かれて――そのまま一気に奥まで押し込まれた。

「あぁっ！」

その瞬間、セレニアは達した。

膣内がぎゅうぎゅうと締まって、はくはくと息をする。手は思いきりシーツを掻いていた。

再び最奥に熱い飛沫が注がれていく。

どうやら、ジュードも宣言通り達したらしい。

またしても彼はセレニアの最奥に一滴残らず欲を注ぐと、自身をセレニアから引き抜いた。

絶頂の余韻からか、声が出ない。

しかも身体はびくんびくんと跳ねている。今までで一番激しい絶頂だった。

「セレニア」

シーツの上に四肢を投げ出していると、ジュードがセレニアの汗ばんだ額に手を伸ばす。

彼は汗で湿った髪の毛を丁寧に払うと、額に口づけを落とした。

「すみません。初めてなのに、無理をさせてしまって」

なんだかんだ言いつつも、彼はセレニアのことを労わってくれるらしい。

気に病むことはない、という思いを込めてセレニアは首を横に振った。

「……とは、思うのですが」

ジュードが申し訳なさそうな表情を作る。

一体、なにを言われるのだろうか……？

ぼやけた頭で聞いていたセレニアだが、ジュードが口にした言葉に耳を疑った。

「俺、一回くらいじゃ満足できないんです」

「あの」

「今後も毎晩、無茶をさせてしまうと思います」

「……まい、ばん？」

意味がわからず、自然と言葉を繰り返していた。

「そうです。俺はセレニアを毎日でも抱きたい。……覚悟していてくださいね」

熱烈な言葉を告げられて、セレニアはそっと視線を逸らす。

仕事にしか興味のない男性なのだと思っていた。

この行為も、初夜だけだと。

しかし、彼は毎晩でもセレニアを抱きたいのだという。

……今日のように、何度も、何度も。

（そんなの、絶対に身体がもたない……！）

頭の中で悲鳴をあげるセレニアだったが、眠気には勝てず、それ以上考えることはできなかった。

勝手に落ちていく瞼《まぶた》。意識がふわふわする。

（きっと、たくさん変な感覚を味わったからだわ……）

もうなにも考えたくない。指一本動かす気力さえもない。

そんなセレニアを見て、ジュードが笑い声をあげるのが聞こえた。

「疲れたでしょう、ゆっくり眠ってください。……おやすみ、俺の大切な人」

セレニアの完全に閉じてしまった瞼《まぶた》に口づけを落として、ジュードが耳元で囁《ささや》いた。

それから彼自身も横になったらしく、意識を手放しかけているセレニアの身体をぎゅっと抱きしめる。そして子供を寝かしつけるかのように、優しく背を叩きはじめた。

（……おやすみなさい）

心地よく、眠りに落ちていく。

もしかすると、今夜がセレニアの人生で一番よく眠れる夜かもしれない。

すさまじい疲労感のせいだろうか。いや、違う。

（こうやって、ジュードさまがおそばにいてくださるからだわ……）

ずっと一人だった。だから、人の体温が心地いい。

セレニアはゆっくりと意識を手放した。

この日は夢を見ることもないほどに、深い眠りへ落ちていた。

第二章　新鮮で穏やかな新妻としての日々

意識が浮上する。

ゆっくり瞼《まぶた》を上げると、視界に広がったのは見知らぬ天井だった。

（……あぁ、そういえば私、嫁いだのだっけ）

慌ただしく、初めてのことだらけの一日を過ごした翌日だというのに、頭の中は不思議なほどに冷静だった。

セレニアはそっと起き上がる。

隣に、ジュードはいなかった。すでにぬくもりもない。

どうやら、彼のほうがかなり先に起きたらしい。

大きく伸びをすると、サイドテーブルに綺麗にたたまれたナイトドレスが置かれているのに気づいた。手に取って、身にまとう。

軽く身支度を整えると、ベルを鳴らして侍女を呼んだ。

（不思議な感覚だわ）

セレニアは寝室を見渡す。

昨夜はしっかり見る余裕もなかったが、夫婦の寝室は広く、綺麗に整えられていた。

シンプルながら上品な家具で彩られた寝室は、セレニアにとって別世界のようだった。

今まで暮らしていた離れがバカバカしくなってしまうほどに、美しい空間。

「……私、本当にこの家に嫁いだのね」

ボソッとそう言葉をこぼすと、寝室の扉がノックされた。

慌てて返事をして、扉が開く。顔を覗かせたのはルネだった。

「おはようございます、奥さま」

にっこりと笑った彼女が、朝の挨拶《あいさつ》を口にする。

「え、えぇ、おはよう……」

「ちょうど、そろそろご様子をうかがおうかと思っていたところだったのです。朝食はどうなさいますか？」

ルネはセレニアに近づいて尋ねる。

時計を見ると、時間は朝の八時。そこまで遅くはない。

「えぇっと」

「食堂で召し上がりますか？　それとも、こちらにお運びしましょうか」

どうやら、ルネは場所の希望を聞いていたらしい。セレニアはてっきり食事の有無を尋ねられていると思っていたのだが。

「どちらでも大丈夫」

「では、食堂にいたしましょうか。旦那さまもそろそろ朝食ですので」

ニコニコと笑ったルネがそう提案する。ジュードと一緒に食事をとれるよう気を遣ってくれたようだ。

「湯浴みはどうなさいますか？」

「お願いするわ」

「かしこまりました」

セレニアの返事を聞いたルネは、扉の前で待機していたほかの侍女たちにてきぱきと指示を出していく。

数名の侍女が浴室へ向かい、ルネ自身は中扉で繋がっているセレニアの私室へ向かう。

「お召し物を選びましょう。奥さまはどういったお色がお好きですか？」

「形はどういったものがお好みでしょうか？」

今日の衣装を選ぶだけだというのに、ルネと二人の侍女は相当張り切っているようだった。

彼女たちに気圧されつつ今日の衣装を決めると、湯浴みの準備が整ったらしい。別の侍女に案内され、セレニアは浴室へ向かう。

ナイトドレスを脱いで、バスタブに張られた湯に浸かる。

そうしていると、ようやく人心地がついたようだった。

（なんだか不思議。まるで歓迎されているみたいだわ）

落ち着いてくると、そんなことを考える。

ジュードにとってセレニアは、貴族との縁を得るために金で買った妻にすぎないと思っていた。

それなら使用人だって、それなりの態度でもおかしくないと、覚悟していたのに。

湯には花びらが浮かべられており、花の香りが心を落ち着けてくれる。

ゆっくり湯につかっていると、セレニアの頭の中も冷静になっていた。

(こんなはずじゃ、ないはずなのに)

昨日見たクローゼットの中には、たくさんの衣装が詰まっていた。

普段着用のワンピース、社交用のドレスはもちろん、外出用の帽子にパラソルに、とよりどりみどりで……

侍女たちも皆とても好意的だ。

ジュード自身も、セレニアを大切にするようなそぶりを見せている。唯一機嫌を損ねてしまったのは、親族のことを聞いた時だけだった。それ以外は穏やかで、ずっとセレニアのことを気遣ってくれた。商売人として演技に長《た》けているからといって、あそこまで優しくしてくれるものだろうか。

「ジュードさまが必要としたのは家との繋がりであって、私じゃない……はずなのに」

考え出すと、なにがなんだかわからなくなってしまう。

頭の中がぐるぐる回って、まとまらない。

気づくと、長い間湯に浸かってしまっていたらしい。

「奥さま、よろしいでしょうか？」

浴室の扉がノックされて、ルネに声をかけられた。

「どうしたの？」

「あまり長湯をされると、のぼせてしまいますわ」

淡々と告げられるものの、その言葉の節々には隠し切れない心配がこもっていた。

セレニアは「わかったわ」と言って湯から上がる。

「申し訳ございません、奥さま。お一人でゆっくりされていたところを……」

「いいえ、いいの。ぼうっとしてしまっていたから、助かったわ」

肩をすくめながらそう返す。

浴室から出ると、侍女たちが身支度を整えてくれた。

髪の毛を乾かして、普段着用のワンピースを着せられる。

侍女の一人が髪を軽く編み込み、アクセサリーをつけてくれる。

「本日は旦那さまのお得意さまがいらっしゃるご予定です。奥さまにご対応いただくことはございませんが、念のためにお伝えいたしますわね」

セレニアの支度を整えながら、ルネはそんなことを教えてくれた。

そのまま今度は化粧に移る。

「奥さまはとてもお美しいですのね。肌がこんなに白くて……」

「髪の毛もこんなに艶《つや》があるなんて。よくお手入れをなさっているのですね」

「まつげなんて本当に長くて、羨ましいばかりですわ」

彼女たちは口々に褒めたたえながら、セレニアを飾り立てていく。

こそばゆくて、セレニアは軽く笑い声をあげてしまった。しかし、すぐにハッとする。

「ご、ごめんなさい……」

口から出たのは謝罪の言葉だった。

「奥さま？」

「い、いえ……」

ついつい長年の癖で、すぐに謝ってしまう。

家庭教師たちは、セレニアが姉よりも出来が悪いと知ると、よく手を上げてきた。それに姉のアビゲイル自身もセレニアが楽しそうにしていると、気に入らないというように叱責した。

その時の記憶が未だに根深くこびりついているせいで、セレニアはすぐにこうして謝罪の言葉を口にしてしまうのだ。

いたたまれなくなりじっとうつむいていると、侍女の一人が「奥さま」と肩に手を置いてくれた。

優しい感覚に、また身体が震える。

侍女がセレニアの顔を覗き込む。彼女の目は慈愛に満ちているように見えた。それこそ、敵意など微塵《みじん》もないと伝えようとしているかのように。

「ここに奥さまを怯《おび》えさせるものは、なにもございませんわ」

彼女はそう続けた。その言葉に、ほかの侍女たちも同意するようにうなずく。

「その通りでございます。私たちは皆、奥さまの味方ですわ」

「奥さまの敵は私たちの敵でございますもの！」

次々にそう言ってくれる侍女たちに、セレニアの心がぽかぽかと温かくなる。

実家の使用人たちもとても温かかったが、どうやらここも同じくらい温かい場所らしい。

いや、違う。

（ジュードさまがいらっしゃる分、きっと侯爵家よりもずっと温かいわ）

ここでは家族から疎《うと》まれることはない。

セレニアはふわりと笑った。

その瞬間、侍女たちがぽかんとしてセレニアを見つめる。

「奥さまは、笑っていらしたほうが可愛らしいですわ！」

侍女が勢いよく言った。

それからは、セレニアは緊張することなく侍女と他愛もない話をすることができた。

ルネ以外の侍女の名前も知った。

「こちらの者はカーラ。そちらの者はルーシーです」

「カーラと、ルーシーね」

口に馴染ませるように、二人の名前を声に出す。

軽く呼ぶと、二人は笑顔でうなずいてくれた。

それから話題は自然とこの男爵家のことに移る。

彼女たちはジュードの経営する商会について教えてくれた。

最近の目玉商品や、重要な顧客のことなど、侍女たちの知識は豊富で、セレニアはたくさんのことを教わった。

話題は徐々に移り変わり、ジュード自身へ話が広がっていく。

「旦那さまは一見軽薄そうに見えますが、あれで芯はしっかりされていますのよ」

「えぇ、一度決めたら曲げないところがありますわ」

侍女たちは楽しそうにジュードの話をセレニアに語った。

その内容は多岐にわたったが、大体が彼がいかに仕事熱心で、真面目であるかということだった。

どうやら、彼は使用人たちにとても慕われているらしい。

「それにしても、旦那さまは見る目がございますのねぇ」

不意にカーラがしみじみとそんなことを言い出した。ルネとルーシーも同意している様子だ。

たった一人、セレニアだけが言葉の意味を理解できない。

「奥さまの手前、こんなことを申し上げるのは失礼と承知しているのですが……実は、ライアンズ侯爵家は今、かなり評判を落としていらっしゃるのでございます」

セレニアの結い上げた髪に大ぶりの髪飾りをつけながら、ルーシーが告げる。

「特に長女のアビゲイル・ライアンズさまは社交界にデビューしてからというもの、はじめこそその美しさが評判にはなっていらっしゃいましたが、あのお態度でほうぼうに敵をお作りになっている、と……」

あの態度とは、どうせ見目麗しい男性を侍《はべ》らせているとか、そういうことだろう。

セレニアは社交界にはほとんど出ていないが、使用人たちから姉の噂は常々聞いていた。

「なんでも、最近は男性に貢《みつ》がせているそうですわ。高価な宝石や装飾品をねだっていらっしゃるとか……」

「それだけではございません。なんと婚約者のいる殿方をたぶらかし、侍《はべ》らせているとも聞いておりますわ」

どうやらアビゲイルの悪行は他家の使用人にも伝わるほどのものらしい。

セレニアが苦笑を浮かべていると、カーラが「ですが」と声をあげる。

「奥さまは違いました」

「えぇ、若いメイドが奥さまに労ってもらえたと、喜んでおりました」

その言葉にセレニアは首をかしげたが、昨日メイドたちに声をかけたことかと思い至る。

「さすがは旦那さまが見初めた女性だと。皆、奥さまのような方が来てくださって嬉しいのです」

彼女たちの話は、そんな言葉で締めくくられた。

まさか、ここにきてこんなにも褒められることがあるなんて……

予想もしていなかった事態に、頬が熱くなる。

しかしそうなると、気にかかることがあった。

「ジュードさまは、どこかで私のことをご存じだったのかしら……？」

少なくともセレニアに、ジュードと会った記憶はない。

あんなにも優しく接してくれる男性と出会っていたら、忘れるはずがないだろう。

（私の存在は、あまり表には出ていないはずなのだけれど……）

古い家柄の貴族ならまだしも、ジュードは爵位を得て間もないのだ。

どう考えても、セレニアの存在を知っているとは思えない。

知る機会も、手段も、ほとんどないはずなのだ。

「申し訳ございません。私どもも存じ上げないのです」

「はい。旦那さまはどうしてか、それだけは教えてくださらなくて……」

「きっと胸のうちに秘めておきたい思い出があるのでは、と思うのです」

「……そう」

侍女たちの言葉に、セレニアは小さく返事をすることしかできなかった。

一体、彼はどこでセレニアのことを見初めたのだろうか。

そんな疑問が胸の中で燻ぶるものの、今はそれよりも目先のことだと思い直す。

(とりあえず、朝食ね)

今はジュードとの朝食のほうが、大切だ。

「では奥さま、いってらっしゃいませ」

カーラとルーシーとは、一旦ここでお別れらしい。

深々と頭を下げて見送ってくれる二人に微笑みかける。

それからセレニアは、ルネと共に食堂へ向かった。


メイウェザー男爵邸は新築である。新進気鋭の実業家が暮らす屋敷というだけあり、設備も最新式。

骨董品などは少ないものの、調度品は目を見張るようなものばかりだ。

食堂へ向かうまでの道のりでさえ、たくさんの調度品が屋敷の中を彩っていることに気がつく。

セレニアが興味を示していると、ルネは満足そうにうなずいた。

「奥さまにはいずれ、このお屋敷の管理をお任せできればと思っております。今のうちにぜひとも見てまわってくださいませ」

彼女は嬉しそうにそう続ける。

（屋敷の管理は、夫人のお仕事だものね）

貴族の家では、屋敷の管理は夫人が行うものである。どうやら新進気鋭の男爵家でもそれは変わらないらしい。

夫人が不在の家は執事が仕切ることもあるそうだが、それはあくまでも代理に過ぎない。

「ねぇ、ルネ」

「はい」

ふと、やりたいことが思い浮かんだ。

結婚が決まった時、嫁入り先では大人しく過ごすだけで、自主的に動くことはないと思っていた。余計なことをして面倒をかけてはいけないし、そんなことを求められてはいないと思っていたからだ。

だが使用人たちがこうして自分に好意的に接し、役割を求めてくれている以上、彼らの役に立ちたい。もちろん、ジュードの役にも立ちたい。

「使用人の名簿をもらえるかしら」

「……奥さま？」

「みんなの顔と名前くらい、覚えておきたいの」

控えめにそう言うと、ルネはぽかんとした後に、すぐにうなずいてくれた。

「かしこまりました！」

元気に返事をくれた彼女の表情は、輝くような笑顔だ。

（使用人を道具としか思わない貴族もいるけれど、私は、そんな風には接したくない）

喜ぶルネと共に歩きながら、セレニアは思った。

ライアンズ侯爵家にいる時も、セレニアにとって自身を放置する血の繋がった家族よりも、いつも親身になって世話を焼いてくれた使用人のほうがずっと身近な存在だった。

彼らにも家族があり、生活があるのだと、よく理解しているつもりだ。

このメイウェザー男爵家でも同じ。到底、彼らを物のようになんて思えない。

「ジュードさまは、使用人の顔と名前を覚えているの？」

気になって問いかけると、ルネは間を置かずに返事をした。

「旦那さまは我々使用人のことも大切にしてくださいます。住み込みの使用人だけでなく、日雇いの者たちのことすら覚えていらっしゃいますのよ」

「……そう、すごいのね」

さすがは一代で富を築いた実業家というべきか。彼の記憶力は相当のものらしい。

自分がその域に達するのは難しいだろう。それでも、できる限りは努力したい。

セレニアは心に決める。

「こちらが、食堂でございます」

そんなことを考えていると、ルネが立ち止まって扉を示した。

木の扉には繊細な模様が彫られていて、装飾に美しい石がはめ込まれている。

見惚れるようにほぅっと息を吐いてから、セレニアは意を決して扉をノックした。

しばらくして、中から「どうぞ」と男性の声が聞こえた。

「ジュードさま。お待たせしてしまい、申し訳ございません」

先に席についていたジュードを見て、セレニアは頭を下げる。

夫を待たせるのは妻として避けるべきことだろう。そう思い謝罪の言葉を口にしたのだが、意外にも彼は笑っていた。

「気にしないでください。俺は朝から仕事をするのが日課なもので。……それより、セレニア」

「……はい」

「こんなに早く起きて、身体は大丈夫ですか？」

ジュードはなんでもない風にそう尋ねてくる。

その言葉の意図が、セレニアにはすぐにわからなかった。少し考えて、昨夜の行為のことだと理解する。

昨夜のことを思い出して、カーッと顔が熱くなる。

「かなり深く眠っていたので、昼くらいまで寝かせてあげようかと思っていたのですが……」

彼は当然のように言うものの、セレニアからすれば考えてもいないことだった。

恥ずかしくてたまらなくてうつむいてしまう。

「旦那さま、奥さまをからかうのはそのくらいになさいませ」

気まずい空気の流れる二人の間に口を挟んだのは、執事だ。

彼はさっと移動して椅子を引く。

「どうぞ、奥さま」

彼がにこやかに笑って声をかけてくれるので、セレニアは慌てて椅子に腰掛けた。

テーブルの上に料理が運ばれてくる。

朝食はパンとスープ、それからサラダ。あとはデザートのカットフルーツ。

シンプルだが美味《おい》しそうなメニューである。

「セレニア」

メイドたちが料理を配膳している最中、ジュードが名前を呼んできた。

視線を向けると、彼は「可愛いです」と照れる様子もなく口にする。

「え？」

きょとんとしたようにセレニアが小首をかしげると、彼はどこか色気を孕《はら》んだ笑みを浮かべる。

「その衣装、セレニアによく似合っています」

彼が再びセレニアに褒め言葉を投げかける。

「あなたに似合うだろうと思って、仕立てさせたんですよ。……ですが、想像以上です。その髪形もよく似合っていますし、こんなにも愛らしい妻を毎日見ることができると思うと、俺は本当に幸せ者です」

相変わらず照れた様子などちっともなく、ジュードは褒め言葉を連発してくる。

セレニアは顔から火が出そうになってしまった。

（こ、こんなところで、言わないで……！）

ここでは使用人たちの目もあるというのに。

恥ずかしくて視線を下げると、彼が「照れましたか？」と問いかける。

わかっているのなら、もう少し手加減をしてほしい……。

恨みがましい視線を向けると、彼は口元をゆるめていた。

「そういうところも可愛いですね」

「じゅ、ジュード、さま……」

抗議の意味を込めた視線を彼に送るが、彼は楽しそうに笑うだけだ。

「そういう表情も、とても可愛らしいですよ」

どうやら、彼はセレニアがどんな表情をしていようと可愛いと言うつもりらしい。

きっと彼はセレニアが怒ったとしても、褒めてくるのだろう。なんとも不服である。

そんなやりとりをしているうちに、メイドたちが料理の配膳を終えた。

「食べましょうか」

何事もなかったかのように食事を勧めるジュード。

対するセレニアは、ごまかすようにこくんとうなずいた。

パンは昨夜食べたものと同じロールパンのようだ。スープは野菜たっぷりのコンソメスープ。

静かにパンを口に運ぶと、そのふわふわとした食感に自然と頬がほころんだ。

(昨夜のパンとは、なんだか少し違う気がするわ)

けれど、美味《おい》しいことに変わりはない。

セレニアはコンソメスープにパンを軽く浸して、食べてみる。これまた美味だった。

「セレニア」

自然と笑みを浮かべながら食事をしていると、ふとジュードが声をかけてきた。

今度はなんだろう、と思いながら彼を見つめると、彼は「食べながらでいいですよ」と前置きをする。セレニアは静かにうなずいた。

「今日は、メイウェザー商会のお得意さまが邸宅に来るのですが」

「……はい」

それは確か、先ほどルネたちにも聞いた話だ。セレニアが応対する必要はないと言っていたが、なにかあるのだろうか。

セレニアは真剣な表情で話の続きを待つ。ジュードはそれを見て、少しだけ肩をすくめた。

「そこまで気負うことはありません。お得意さまといっても、俺の友人の家ですから。爵位を賜《たまわ》るにあたって助力してくれたくらいの親しい間柄です」

「そうなの、ですか」

彼の言う親しい間柄のレベルがいまいちよくわからない。

とはいえ、セレニアがそれを口に出すことはない。ぱちぱちと目を瞬かせていると、今度は彼のほうが真剣な表情を作った。

「セレニアさえよければ、……会ってみますか？」

ルネたちはセレニアが応対する必要はないと言っていたし、セレニアもそのつもりでいた。

しかし、ジュードは違うようだ。

……少し、考えてみる。

（お得意さままで、ご友人としても親しい間柄というなら、妻として挨拶《あいさつ》をしたほうがいいのだろうけれど……）

それはわかる。

だが。

――幼い頃から姉と比べられ、家庭教師にも両親にも見限られた過去が脳裏をよぎる。

自分は貴族令嬢として、あまり優秀ではないのだ。

そんな自分が表に出てもいいものだろうか……

セレニアが葛藤《かっとう》していると、ジュードが再び口を開いた。

「気が進まないようであれば、今回は見送ります」

どうやら、彼はセレニアが嫌がっていると受け取ったらしい。

「い、いえ、そういうわけでは、ないのです。ただ……」

「どうしました？」

「私は貴族の娘として、あまりできた人間ではありません。そんな私が表に出ていけば、ジュードさまの恥になるのでは……と」

最後のほうは、消え入りそうなほど小さな声になってしまった。

ジュードの恥。それはメイウェザー男爵家の恥にも、商会の恥にも繋がってしまう。

そんなものに、なりたくない……

だが、ジュードはセレニアの不安を「それはないです」と迷いなく切って捨てた。

「セレニアは立派な女性です。優しくて気遣いもできる」

「……そ、そんな」

「俺は本気で、そう思っていますよ」

真剣な表情で言われて、セレニアの頬が熱くなる。

慌てて顔を隠すようにうつむくと、ジュードがくすくすと笑った。

「この家にいて、もし、少しでも不満に思うことがあったら、遠慮なく言ってくださいね」

「……はい」

「では、そういうことで。食事を続けましょう。……もし気が変わったら、侍女を通じて伝えてください」

ジュードはそんな言葉で会話を締めくくって、食事を再開した。

つられるようにセレニアも食事を再開する。

パンを口に入れたものの、先ほどよりも味気ない気がした。

（ジュードさま、一体どういうおつもりなの……？）

こんなにもセレニアのことを褒めて、セレニアのことを歓迎して。

これではまるで、望まれて嫁いできたみたいだ。

結婚はあくまで家の繋がりを得るためのもので、セレニアの存在はおまけ程度でしかないと思っていたのに。

（……認めていいのかしら。私、歓迎されているんだって）

セレニアは恐る恐るジュードの目を見つめた。

彼はすぐにセレニアの視線に気がついて、嬉しそうにこちらを見つめてくる。

……いたたまれなくなって、視線を逸らす。さすがに食事中に見つめ合うのは照れくさかった。


朝食を終えたセレニアはルネを連れて私室に戻った。

「使用人の名簿は、本日の夜にお渡しできるかと思います」

どうやら、使用人の顔と名前を一致させる作業は今日の夜からしかできそうにない。

「ほかになにか、やりたいことはございますか？」

そう尋ねられても、なにも思い浮かばなかった。

（……なにも、することがない）

ジュードには、客人が来るまで好きにしてくれていいと言われている。

でも、なにをすればいいかわからないのだ。

侯爵家にいた頃は、アルフたちの世話をしたり、戯《たわむ》れたり……

そんな日々を過ごしていたから、動物たちのいないこの場でやることが完全に思いつかなかった。

「奥さま？」

ルネが顔を覗き込んでくる。

「い、いえ……その、なにも、思い浮かばなくて」

肩をすくめて正直に答える。

その言葉を聞いたルネは、顎に手を当てて考えはじめた。

「貴族のご夫人のすることといえば、刺繍《ししゅう》や読書などが一般的ですが……」

「……ごめんなさい。私はあまり手先が器用なほうではなくて。それに、屋敷の中で大人しくしているのは苦手だったの」

刺繍《ししゅう》や読書は、あまり好きではない。

特に刺繍《ししゅう》はアビゲイルの腕と比べられ、家庭教師に叱責されてばかりだった。今でもその時のことを思い出して、どうしても気分が沈んでしまう。

「さようでございますか」

セレニアの言葉を咎《とが》めることはなく、ルネはまた少し考える。

「では、本日はお屋敷の中を案内いたしましょう」

「それがいいわ。ありがとう、ルネ」

ルネの提案は、ありがたいものだった。

確かに屋敷のことをきちんと把握しておくことは大切だ。

メイウェザー男爵夫人となったからには、この屋敷のことをしっかり見ておかなければ。

（きちんと、しなくちゃ……）

そんなセレニアの覚悟はいざ知らず、ルネは「では、行きましょう」と声をかけてくる。

セレニアはうなずき、部屋の外へ足を踏み出した。


メイウェザー男爵家の邸宅を、ルネに案内されながら歩く。

使用人たちと出くわすと、彼らは皆そろってセレニアに頭を下げてきた。それに少し恐縮しながら歩いていると、ルネが「堂々としてくださいませ」と言う。

「あなたは正真正銘、この家の奥さまなのですから」

「そうね」

彼女の言葉にセレニアは控えめに笑ってうなずいた。

それから、ルネにさまざまな場所を案内してもらった。

まずは日常的に使う生活スペース。それから客人をもてなす応接間や、滞在用のフロア。使用人たちが住むフロアなど。

ルネは嬉々としてセレニアに説明をしてくれた。

「それから、そちらに行けばお庭に出られますよ。覗いていかれますか？」

「えぇ」

折角の提案だ。セレニアが返事をすると、ルネは「かしこまりました」と言って扉に手をかける。

どうやらこちらは裏口らしい。主に使用人たちが使っているが、こっそり庭に出たい時はこちらのほうが手軽だともルネは教えてくれた。

「わぁ……！」

庭は、とても素晴らしいものだった。

青々とした木々と、風に揺れる色とりどりの花々。噴水やベンチなども設置されていて、寛《くつろ》いだりお茶会を開いたりもできそうだ。

（ライアンズ家とは、全然違うわ……！）

ライアンズ侯爵家の庭は、確かに華美ではあったが豪華な置物をこれでもかと置くばかりで、あまり安らげる場所ではなかった。

けれど、このメイウェザー男爵家の庭は草花が主役になるように整えられていて、まさに憩《いこ》いの場という雰囲気だ。

セレニアが感動のあまり一歩を踏み出すと、「にゃぁ」という鳴き声が聞こえた気がした。

驚いて口を小さく開いたまま動きが止まる。心臓が、自然と駆け足になっている。

「も、申し訳ございません！」

ルネが慌てて謝罪の言葉を口にした。

「どうして、謝るの？」

セレニアが首をかしげてそう問いかけた。

「奥さまは猫が苦手なのかと思い……」

心底申し訳なさそうなルネに対し、セレニアは慌てて手を横に振る。

「そんなことはないわ！　むしろ、動物は大好きなの。侯爵家では犬や猫、鳥と暮らしていたのよ」

「そうなのですか？」

「ええ。私は離れに一人で住んでいて……でも、あの子たちがいたから寂しくなかった」

動物たちのことを思い出すと、つい口元がゆるんでしまう。

アルフたちは、今頃どうしているのだろうか？　使用人たちが面倒を見てくれているなら、辛い思いはしていないと思う。けれど、無性に会いたくてたまらない。

（昨日別れを告げたばかりだというのに、もう恋しいわ）

想いを馳せていると、寂しさが込み上げてきた。

「……よろしければ、ご覧になりますか？」

気を遣ったのか、ルネがそう提案する。

「いいの？」

「はい。使用人一同で世話をしているのです」

セレニアが動物好きだとわかったためか、ルネはニコニコと笑っている。

「会いたいわ！」

セレニアがここに来てから、一番活き活きした笑顔だった。

ルネは苦笑を浮かべつつ、茂みのほうに顔を向ける。

「アーヤ！」

彼女がそう呼ぶと、近くの茂みががさがさと揺れ、少し汚れた白い猫が顔を見せた。

どうやら、この猫が先ほどの鳴き声の主らしい。

(なんて、なんて可愛いの！)

セレニアの胸は確かな感動に支配される。

「にゃぁ？」

アーヤと呼ばれた白猫は、ルネのそばに寄って脚に頬をこすりつける。かと思うと、今度はセレニアのことを見上げた。

真ん丸な目は「この人は誰？」とでも言っているかのようだ。

「もう、アーヤったら。また泥だらけになって……」

ルネは衣服が汚れるのもお構いなしにアーヤを抱き上げる。アーヤは「にゃぁっ！」と元気な返事をしていた。

「この子のお名前はアーヤというのね」

セレニアがアーヤの顔を覗き込む。

「少し前、お庭に迷い込んできたのです。怪我をしていたので、治るまで保護したのですが……」

なんでも、アーヤはそのままこの庭に住みついてしまったらしい。

悩んだ末に使用人たちがジュードに相談をしたところ、飼ってもいいと快諾してくれたそうだ。

ルネの話を聞きつつ、セレニアはおずおずとアーヤに手を差し出してみる。

「……アーヤ」

ゆっくりと名前を呼ぶと、アーヤは「にゃぁっ！」と鳴いてセレニアの手に手を置いてくれた。

(なんだか、犬みたいな猫ね)

心の中でそう思うものの、その愛らしさにセレニアの心がほぐれていく。

「ねぇ、これからもアーヤの様子を見に来てもいいかしら？」

ルネに問いかけてみる。彼女は意表を突かれたように目を見開いてから、考えるそぶりを見せた。

「そうですね……。誰か使用人が一緒の時なら、大丈夫ですよ」

さすがに、むやみやたらと勝手な行動はさせてもらえないらしい。

「アーヤのこと、抱いてみたいわ」

肉球をぷにぷにと触りながら言ってみるが、ルネは「奥さま、それはいけません」と諫《いさ》められてしまった
それはきっと、今のアーヤが汚れているからだろう。

これから客人が邸宅に来るのだ。衣服が汚れるのはよくない。

それくらい、セレニアにだってわかる。

「……そうね」

ルネの言うことは正論だ。

それはわかる。でも……

未練がましくセレニアがアーヤを見つめていると、ルネは「では、こうしましょう」と提案した。

「今からほかの侍女にアーヤのことを洗わせます。その後でしたら……」

「わかったわ！」

セレニアが笑って返事をすると、ルネは肩をすくめた。

どうやら、セレニアのあまりにも無邪気な姿に毒気を抜かれてしまったらしい。

「では、アーヤを預けてきますね。少しの間、こちらでお待ちくださいませ」

「えぇ」

ルネはアーヤを連れてその場を離れた。

彼女の後ろ姿を見送るセレニアの胸に、いろいろな感情が渦巻く。

（ここに来られて、よかった）

優しい使用人たちに、穏やかな夫。可愛らしい猫……

それらはセレニアに確かな幸福を与えてくれる。

（やっぱり、この家の人たちは私を歓迎してくれている。それはすごく、嬉しいことだわ）

たとえ、ジュードに一線をひかれていたとしても……

セレニアはずっと、侯爵家で冷遇されていた。

だからこんな風に和気あいあいと過ごせるのがとても幸せだった。

自身の幸運を噛みしめていると、近くの茂みからまたかさかさと音がした。

……もしかして、別の猫がいるのだろうか？

頭の中に浮かんだ疑問。

好奇心に負けて、セレニアは茂みに近づいた。

「……」

「……」

そして、そこにいた『人物』とばっちりと目が合った。

濃い緑色の髪に、青色の瞳。その目は鋭く吊り上がっている。

……もしかして、不審者だろうか？

（いえ、でも……どこかで、見たことがあるような……？）

とはいえ、こんな茂みに隠れるような知り合いなんていないはずだ。

きょとんとしたセレニアを見て、その『人物』は慌てて茂みから飛び出した。

「違う違う！」

高い背丈と細身の体躯《たいく》。どこからどう見ても、その『人物』は男性だった。

「きゃっ……！」

悲鳴をあげようとしたセレニアの口を、男性が慌てて手でふさぐ。

そのまま茂みにひっぱり込まれてしまった。

なんとか抵抗しようと、セレニアはじたばた動こうとする。

「僕、不審者じゃないから！」

男性は慌てた様子でセレニアの身体を押さえつけて、白々しく弁解しようとした。

(不審者が自ら『はい、不審者です』って名乗るわけがないでしょう!?)

心の中で叫びながら、セレニアは男性をにらみつける。

しばらくして、遠くからルネが「奥さま～？」と呼ぶ声が聞こえてきた。

助けを求めようとするものの、男性は手を離してくれない。

「奥さま～？　どちらにいらっしゃるのですか～？」

ルネの声が近づいてくる。

男性はルネに怯《おび》えているようだった。「こっちに来るなよ……」という声が漏れている。

(……この人、やっぱり不審者よね？)

自分の屋敷内とはいえ、得体の知れない男性に身動きを封じられ、茂みに引きずり込まれている。

セレニアは身の危険を感じていた。

だから心を決め――口をふさぐ手を、思いきり噛んでやった。

「いってぇ！」

男性が大きな声をあげる。

すると、ようやくこちらの様子に気がついたルネが走ってきた。

彼女は驚いたような顔をしつつも、セレニアを茂みからひっぱり出してくれる。

「奥さま、大丈夫ですか？　どこかお怪我は……」

「い、いえ、大丈夫」

困ったように笑いながら答えると、ルネは胸を撫《な》で下ろしていた。

「ですが、どうしてこんなところに……？」

ルネが心配そうに問いかける。

セレニアは後ろに視線をやり、先ほどの男性をそっと見た。

彼は逃げるように、セレニアたちから遠のこうとしているところだった。

ルネも男性に視線を向けると、突然「あーー！」と大きな声をあげる。

「ど、どうしたの……？」

恐る恐るセレニアが尋ねると、ルネは男性のほうに近づいて——容赦《ようしゃ》なく頭をはたいた。

「いってぇ！」

男性は青色の瞳で彼女をにらみつける。

しかし、ルネはまったく怯《ひる》まない。

「セザールさま！　なんということをなさるのです！」

ルネもこんなに声を荒らげることがあるのか、とセレニアは頭の片隅で思う。

けれど、それよりも。

（セザールさま？）

ルネが名前を知り、かつ敬称をつけて呼ぶ相手となると、不審者ではないということだ。

頭上に疑問符を浮かべていると、セザールと呼ばれた男性がセレニアに視線を向ける。

二人の視線が、ばっちりと交わった。

「……あの」

「おく、さま？」

セレニアが彼に声をかけようとすると、彼はまたその場から逃げ出そうとした。

だが、ルネにはお見通しだったらしい。彼女はあっという間にセザールを捕まえてしまった。

そのままずるずるとセレニアの前に引きずってくる。

（この顔、やっぱりどこかで見たことがある……）

はじめに抱いた印象は間違いではなさそうだ。だが、どこで見たのだったか。

彼の正体を思い出そうとしていると、ルネが口を開いた。

「奥さま。このお方はセザール・ロリオさまでございます」

「セザール・ロリオ？」

「結婚式の日にお会いなりませんでしたか？」

ルネの言葉に、今度はセレニアが驚く番だった。

確かに、彼と会ったのは披露宴の時だ。セレニアが退出しようとした時、ぶつかりそうになった男性。

（披露宴ではたくさんの方と挨拶《あいさつ》をしたから、思い出すのが遅れてしまったわ）

一日であれだけたくさんの人と会ったのは、生まれて初めてだった。

さすがに詳細な顔となると記憶もおぼろげだ。

「セザールさま……。奥さまのお顔くらい覚えておいてくださいませ！」

「いやぁ、昨日は飲みすぎちゃって……。どうにも記憶が曖昧《あいまい》なんだよねぇ」

ははは……

そんな風に笑いながらセザールは衣服についた葉を払う。

そんな姿をぼうっと見つめていたものの、セレニアの頭の中にすぐに違う疑問が浮かんでくる。

どうして彼はこんなところにいたのだろうか？

「あ、あの、セザールさま」

「どうしたの？」

「どうして、こんなところにいらっしゃったのですか……？」

少し怯《ひる》みつつ問いかけると、彼は笑った。

「うーん、ジュードを驚かせるため？」

「……えっと」

「庭から入ったらあいつも驚くかと思って」

「不法侵入ですよね？」

「それを言われるとぐうの音も出ないんだよねぇ」

言葉とは裏腹に、セザールの声は明るい。

どうやら、彼はあまり反省をしないタイプらしい。

セレニアが「はぁ」と気の抜けた返事をすると、彼はウィンクを飛ばしてくる。

「今日行くよ～って連絡は入れてあるんだよ」

「そうなのですか？」

「あれ。ジュードから今日客が来るって聞いてない？」

「お客様が来るとは聞いていましたが……」

まさか、このセザールが客人なのだろうか。

疑わしい目で見つめていると、彼は頬を膨らませる。

「僕が客人に決まっているじゃないか！」

高らかに声を上げると、すぐにルネに頭をはたかれていた。

「それにしても、キミがジュードの妻か……」

セザールはセレニアを頭の先からつま先まで吟味《ぎんみ》するように見まわす。

「うん、とても美しい人だね」

彼はしみじみと呟いた。

「だけど、いきなり噛みつくなんてびっくりしたよ」

「それは……」

そもそも不審者と間違われるような行動をしたセザールが悪いのでは？

そう思うものの、セレニアは反論できない。

もし彼を怒らせてしまったら……と思うと嫌な想像が頭をよぎり、そっと視線を逸らした。

（あの時は、逃げなくちゃって必死だったんだもの）

冷静になった今なら、自分のしでかしたことの重大さがよくわかる。

男性の手に噛みつくなど、淑女にあるまじき行為だ。もしも、これでメイウェザー商会との取引を中止するなんて言われたら……

そんなことを想像して、セレニアはぶるりと身を震わせる。

すると、ルネが「奥さま」と声をかけてきた。その声はとても優しい。

「今回のことは、セザールさまが全面的に悪いのでございます。奥さまは正しい行動をなさいました。正当防衛です」

ルネは穏やかにそう言うと、セレニアの衣服についた土や葉を払った。

その手つきも、とても優しい。

それだけで、彼女が怒っていないことがわかる。

「そうそう。僕が悪かったよ」

どうやらセザールも怒ってはいないらしい。

セレニアはほっと息を吐いた。

そうしていると、遠くからほかの使用人たちがやってくるのが見えた。

彼らはセレニアとセザールの姿を見て、ぎょっとしたように動きを止める。

当たり前だ。この家の夫人と客人が庭で土まみれになっていて、驚かないわけがない。

「お、奥さま……」

侍女の一人が心配したようにセレニアに声をかける。

それを遮《さえぎ》るように、ルネがこほんと咳ばらいをした。

「すぐに着替え……いえ、湯浴みの準備を」

ルネに指示をされ、侍女はすぐ屋敷のほうに駆けていく。

「奥さま、ひとまず湯浴みをいたしましょう。あぁ、髪の毛にも土がついてしまっていますよ」

「……ねぇ、僕は？」

「心配ございませんよ奥さま。旦那さまにセザールさまをこってり絞っていただきましょうね」

セレニアはルネたちに屋敷のほうへひっぱっていかれる。

「ちょっと待ってー!?」

後ろでは、しばらくセザールが喚《わめ》いていた。


その後、セレニアはルネに浴室にひっぱり込まれた。

髪の毛についた土埃《つちぼこり》一つ残さないというように、丁寧に全身を洗われる。

身体を洗い終えると、侍女がさっきとは別のワンピースを用意してくれていた。ふわふわした肌触りで、動くとふわりと裾《すそ》が揺れる可愛らしいデザインのものだ。

セレニアがワンピースに袖を通すと、今度は髪の毛を手早くまとめてもらう。

「もう、あんなことはないでしょうが……」

駆けつけてくれた侍女のカーラが苦笑を浮かべる。

セレニアは心の中だけで何度もあんなことがあってたまるか、と思ったものの口には出さず、にっこり笑ってごまかした。

それから、ルネに連れられて応接間に向かう。

どうやら先にセザールが通されて、ジュードに怒られているところらしい。

応接間に近づくと、中から声が聞こえてくる。その声はどこか呆れているようだった。

声の主は、ジュードだろう。

（ジュードさまは、セザールさまを怒っていらっしゃるのだろうけれど……）

もしかしたら、自分にも怒りの矛先が向くかもしれない。

そう思うと、背筋に冷たいものが走る。

けれど、あの優しいジュードのことだ。折檻《せっかん》するようなことはない……と、信じたい。

セレニアの気持ちなど知るよしもないルネは、応接間の扉を遠慮なくノックした。

「旦那さま、奥さまがいらっしゃいました」

しばらくして、中から「入っていいよ」という返事が聞こえる。

ルネが扉を開けて、セレニアに中に入るように促した。

応接間は、ほかの部屋よりも少々豪華だ。

どこの貴族の屋敷でもそれは同じだが、この屋敷の応接間はまた趣《おもむき》が違う。

富を築いたとはいえ、メイウェザー家は爵位を得て間もない男爵家だ。だからこそ舐められないようにか、調度品は異国の珍しいものでそろえられていた。

見たことのないものばかりだが、統一感があり上品な印象を与える。

こうしたセンスのよさが、一代でメイウェザー商会の地位を確固たるものにしたジュードの手腕の一端なのだろう。

セレニアが部屋の中を興味深そうに眺めていると、ジュードに「セレニア」と声をかけられる。

恐る恐る視線を向けると、彼はふんわりと笑っていた。

「こっちに来てください」

彼の言葉に従って、セレニアはそちらに近づいた。

「セザールは一旦退室してください。……ルネ、案内を」

「かしこまりました」

ルネがセザールを連れて退室していく。

残されたのはセレニアとジュードの二人だけ。

セレニアはおずおずと、彼の隣に腰を下ろした。

「セザールのことは、しっかり絞っておきました。安心してください」

セレニアが腰を下ろしたのを見て、開口一番にジュードはそう告げてくる。

少し視線をさまよわせて、セレニアは「その」と控えめに口を開いた。

「どうしました？」

「あれは……私も、悪くて……」

セザールの手に噛みついてしまったことを思い出して、セレニアは肩を縮める。

ルネは正当防衛だと言ってくれたが、淑女としてあるまじき行為であることに間違いはない。

叱責されることを覚悟するセレニアに、ジュードはゆっくり首を横に振る。

「気にする必要はありません。セザールも自分が悪いと認めています」

セレニアは驚いた。

ああ見えて、彼は悪い人ではないらしい。

「ま、悪いと認めても反省したそぶりは見せませんでしたが。まぁ、そこもあいつらしいということで」

彼はそんなことを呟いて、自己完結してしまう。

そして、彼の視線がセレニアに向く。その目はとても優しそうなものだった。

「しかし、今回はセザールだったのでよかったですが、今後、同じような目に遭わないとも限りません。いざという時に備えて、護衛でもつけましょうか」

「えっ」

突然の提案にセレニアが目を丸くしていると、彼は「早速準備をしましょう」とさも当然のように話を進める。

「い、いえ、さすがに、そこまでしていただくわけには……」

セレニアは申し訳なさから遠慮しようとした。

「俺の大切な妻が危険な目に遭ったらと考えるだけで、血管がはち切れそうなんです」

しかしジュードには一切譲る気はなさそうで、真剣な目でセレニアを見つめている。

そこまで言われると、もうなにも言えない。

「しばらくはルネたちに任せますが、やはり男性のほうがいいでしょうか」

「……あの」

「あぁ、でも……若い男だと俺が嫉妬してしまいそうだ」

ジュードは一人ブツブツと呟いている。

セレニアは彼の言葉をぼうっと聞いていることしかできない。

（そういえば、さっき大切な妻……って）

ジュードの言葉を思い出す。

彼は先ほどセレニアのことを『大切な妻』と言ってくれた。

その言葉に、胸の奥底が疼《うず》くような感覚に襲われる。

（ジュードさまは、私のことを大切に思ってくれている……の？）

にわかに信じられない。

でも、そうとしか思えない。

そっと胸の前で手を握りしめて、視線を逸らす。

心臓が大きく音を鳴らすのを実感しながら、セレニアは感じたことのない幸せな気持ちに浸っていた。


その日の夜。セレニアは夕食を終え、夫婦の寝室で寛《くつろ》いでいた。

身にまとっているのは、昨日よりは質素なナイトドレスだ。

質素といっても、昨日のものと比べればというだけで、用意されたものが豪奢《ごうしゃ》なことに変わりはない。

寝室で一人、セレニアは使用人の名簿を眺めていた。

頼んでいたものを、ルネが用意してくれたのだ。

(この家の使用人、思ったよりたくさんいるのね)

ルネは屋敷に住み込みの使用人だけではなく、週に何度か通ってくる者、時折来る日雇いの者などの分も用意してくれた。

名簿には名前や役職だけでなく、出身地や年齢も書かれている。

「こうやって見ると、出身もいろいろだわ」

使用人たちの出身地はバラバラだ。東の辺境から北の辺境出身の者までいる。

「ここは確か、南にある離島だったかしら?」

もうおぼろげになっている地理の知識をひっぱり出しつつ、セレニアは考える。

ただ名前を覚えるだけでなく、一人一人のことをきちんと知りたい。

どんなところで育ったのか、どんな人なのかを想像して、実際に会った時にしっかり話ができるようにしたい。

使用人だからといって物のように扱うのではなく、一人の人として向き合いたいのだ。

必死に考えて、覚えて、考えて……そうやって集中していたセレニアは、寝室の扉が開いたことに気がつかないでいた。

「セレニア」

名前を呼ばれて、口から「ひゃっ！」と悲鳴がこぼれる。

声のほうに視線を向けると、ジュードが立っていた。

彼は色気をまとった笑みを浮かべつつ、セレニアの隣に腰掛けた。

それから優雅な動作でティーポットからカップに紅茶を注ぐ。

ジュードは夕食の後も仕事をすると言って執務室にこもっていた。様子を見るに、どうやらもう仕事は終わったらしい。

セレニアは小さな声で「お疲れさま、でした……」とジュードをねぎらう。

「ありがとう。セレニアにそう言ってもらえると、とても嬉しいです」

彼がにこやかに笑って礼を言う。

……無性に照れくさい。

「ところで、なにをしていたのですか？」

セレニアの手元を覗き込んで、ジュードが尋ねる。

正直に答えようか迷ったけれど、彼に隠し事はしたくなかった。

そもそも隠す必要のあることでもないとはいえ、なにをしても姉に及ばず叱責され続けたセレニアにとって、自分からなにかを望んでしているということを明かすのは、どうにも気が引けた。

けれどジュードなら大丈夫だと自分に言い聞かせ、セレニアはおずおずと名簿を見せる。

「その、使用人の名簿を用意してもらったのです。……少しでも、覚えたくて」

なんだか恥ずかしくて、視線を逸らしてしまう。

ジュードはおもむろにセレニアの手から名簿を取り上げた。

「……ふむ、これは簡易的なものですね」

「そうなのですか？」

「ええ。とはいえ、はじめはこれで充分でしょう。まずは顔と名前、役職を一致させるところからはじめたほうがいい」

彼がセレニアの手元に名簿を戻す。

セレニアはそれをそっと抱きしめた。

「使用人たちの出身地は、結構バラバラなのですね」

セレニアは先ほどまで思っていたことを呟いた。ジュードは目を見開く。

「その、出身に東の辺境にある町や、南の離島の名前があったので……」

最後のほうは、消え入るような声になってしまった。

……なんだか、恥ずかしかった。

知識をひけらかしていると思われてしまいそうだったから。

（女性が知識をひけらかすのは、あまり好まれることではないのよね……）

女性は男性を立てなければならないとされている。

あまり自主的に行動することは望まれないし、ましてや余計な知識をつけることなど求められない。

「そうですね」

しかし、ジュードはセレニアの言葉に嫌な顔一つしなかった。それどころか、嬉しそうに笑いかけてくれる。

「セレニアにはたくさんの知識があるんですね。素晴らしいことです」

彼はさも当然のように言った。

「俺の知識は付け焼刃にすぎませんよ」

「え……」

「経営術などもほとんどは独学でした。今でこそセザールのお父上に教えを乞うていますが、当初は本当になにも知らなくて……」

苦笑を浮かべた彼が、そんなことを語り出す。

「どうして、そこまでされたのですか？」

「欲しいものがあったんです」

セレニアの言葉に、ジュードがすぐに答えた。

「どうしても欲しいものがあった。それは当時の俺には手の届かない場所にあったんです。でも、諦められなかった」

どこか懐かしむような言葉。

セレニアの胸が、どうしてか切なくなる。

「だから、俺はそれを手に入れられる立場になろう。……そう、思ったんですよ」

どう返事をするのが正解なのだろうか。

それが、セレニアにはわからない。

けれど、ただ唯一わかることがある。

「ジュードさまは、たくさん努力をなさったのですね」

ジュードは今の地位を手に入れるために、血のにじむような努力をしたに違いない。

それに比べ、自分はどうだろうか。

（私は全部を諦めていた。お姉さまとは違うから仕方ないと、自分を納得させて……）

そうやって、努力することから逃げていたのではないだろうか。

無性に自分が情けなくなってしまう。

（変わりたい）

自然と、そんな気持ちが芽生えた。

（今の私は、ライアンズ侯爵家の『ハズレ』じゃない。お姉さまの妹でもない。ジュードさまの妻だもの）

せめて彼に恥じない女性になりたい。

だが、自分になにができるというのか……

（ダメよ、弱気になってはダメ。それでは、今までと変わらないわ）

ぶんぶんと首を横に振って、弱気な考えを振り払う。

そしてジュードの目を見つめる。

彼の目も、セレニアをじっと見つめていた。

「私……ジュードさまのお役に立ちたい、です」

自分になにができるのか。

それはそう簡単には見つかりそうにない。

それでも、逃げるのはもう嫌なのだ。

「セレニア……」

「私になにができるんだって言われたら、それまでなのですが」

弱々しい声でそう付け足すと、ジュードがセレニアの手を握った。

ぎゅっと力を込められて、少し驚く。

「あなたはなにもしなくていい……と、言いたいのが俺の本音です」

「……ジュードさま？」

「あなたが苦労する必要はない。あなたがなにもしなくてもずっと幸せでいられるように、俺はあなたを傷つけるすべてのものから、守りたい」

セレニアがぽかんとしていると、彼が困ったような笑みを浮かべる。

「でも、あなたはそれを望まない。それならせめて、あなたの意見を尊重したいんです」

それはつまり、セレニアが頑張るのを許してくれるということなのだろうか……？

ジュードはセレニアの頬に手のひらを押し当てる。

「ただ、無理とか、無茶とか、あなたが傷つくようなことだけは、しないでください。……あなたは、俺の唯一の人なのですから」

「……あの」

言葉の前半は、まだわかる。しかし、後半はちっともわからない。

この家の人々がどれだけ歓迎してくれているといっても、ジュードは侯爵家との縁のためにセレニアを娶《めと》ったのではないのだろうか。

貴族の娘ならセレニア以外にもいる。

ジュードとは、結婚式の日に初めて顔を合わせたはず。結婚して情が湧いたというならわかるが、それにしても『唯一の人』と呼ばれるほどになるのだろうか……？

きょとんとするセレニアをよそに、ジュードは時計に視線を向けた。

セレニアも追うように時計に目をやると、時刻は夜の十時半を回っている。

「と、ここから先の話は、また明日以降に」

彼が当然のようにそう言って、セレニアの手から名簿を取り上げる。

「私、まだ眠くありません」

「おやおや」

名簿を丁寧にテーブルの上に置いて、ジュードはセレニアの腰に腕を回す。

するりと腰を撫《な》でられて、セレニアの身体がびくりと跳ねた。

「じゅ、ジュード、さま……」

「今晩も、付き合ってくださいね」

セレニアの耳元に唇を近づけて、彼が囁《ささや》く。

(こ、今晩も……って)

つまり、ジュードは今日もセレニアのことを抱くつもりなのだろう。

心臓が大きく音を鳴らす。

対するジュードはこちらの葛藤《かっとう》など知りもせず、セレニアの膝裏に手を入れて軽々と抱き上げた。

(これって、普通……なの?)

それぞれの夫婦には、それぞれの適度な回数があるとは思う。

けれど、まさか連日とは……

抗議をするように彼の目を見つめるが、その目はにっこりと細められた。

「眠たくはないんでしょう?」

確かに、そう言ったのはセレニアだ。

実際に眠たくはないのだけれど……

「そ、その、まだ、覚悟が決まっていないと言いますか……」

昨日純潔を失ったばかりなのだ。連続でするのは恐ろしい……

セレニアが気まずそうに目を逸らすが、彼は察してくれない。

「気持ちよくさせてあげますよ?」

……いや、これは察した上で無視をしているのだ。

なおさら、たちが悪い。

「それとも、もしかしてまだ緊張しているんですか？」

硬直するセレニアを見かねたのか、ジュードはそう尋ねてくる。

（もう、そういうことでいいや）

投げやりになりながらセレニアがうなずくと、彼はなにを思ったのだろうか。寝台のほうに近づいて、セレニアを寝台に腰掛けさせた。自身もすぐ隣に腰掛ける。

「では、俺の膝の上に座ってみてください」

「……え？」

「大丈夫ですから」

膝の上に座るのも、それはそれで恥ずかしい。

だけど、これで抱かれずに済むのなら……と思って、彼の膝の上に移動する。

するとジュードはセレニアを背後から抱きしめ、首筋に顔を埋めた。

「ひゃぁっ！」

そのまま思いきり息を吸われて、セレニアの身体に言葉にしがたいゾクゾクとしたものが這《は》い上がってくる。

とっさに彼の手に自身の手を重ねるものの、彼は止まらない。

今度はナイトドレス越しにセレニアの身体を撫《な》でてくる。その触れ方があまりにもいやらしくて、セレニアの中にある官能が引き出されはじめてしまう。

「怖いんですよね？」

首筋に顔を埋めたジュードが、そう問いかけてくる。

セレニアはもう一度大きくうなずく。すると、彼はおもむろにセレニアの身体を抱き上げ、大きく脚を開いた。

そして、自身の脚の間にセレニアを座らせ——器用にも自身の脚を使って、セレニアの脚を大きく開かせる。

「……え？」

ナイトドレスがめくれ上がり、セレニアの白い太ももが露わになった。

状況に頭が追いつかない。

セレニアは目をぱちぱちと瞬かせた。

そうしている間にも、ジュードは手のひらをセレニアの胸のふくらみに押し当てて、ナイトドレス越しに揉んでくる。

「ちょ、あ、や、やめ、やめてぇ……！」

脚を大きく開かれ、胸を揉みしだかれる。

突然はじまったいやらしい行為に、セレニアは耐え切れず首を横に振る。

だが、ジュードの動きに容赦《ようしゃ》はない。すぐにナイトドレスのボタンを器用に外し、前をはだけさせてしまった。

「あぁ、硬くなっていますね」

彼が胸の先端を指先で弾く。そこは確かに、主張するように硬くなっていた。

ぐりぐりと指の腹でこねられると、抵抗する術もなく感じてしまう。

身体の中を愉悦が這《は》いまわって、壊れそうなほどの快感がセレニアを襲う。

ぐっと息を呑んで快感から逃れようとした。

けれど、うまくいかない。

「ねえ、セレニア」

彼が口を開く。その声にはすさまじいほどの情欲がこもっているように聞こえた。

「自分で、弄《いじ》ってみましょうか」

しかし、それより数倍恐ろしいことを、彼はなんのためらいもなく口にした。

(じ、自分で、弄《いじ》る……ということは)

つまり、自慰行為をしろと言っているのだ。

それを悟った瞬間、セレニアの顔から血の気が引いていく。

けれど彼は「大丈夫」と優しく声をかけてくる。

大丈夫なわけがない。そんなはしたないこと、自分はできない。

彼の目を見つめて暗にそう伝えたつもりだったのに、ジュードはただ目を細めて愉快そうに笑うだけだった。

「俺も手伝ってあげますから」

彼はそう言うとセレニアの手を取り、セレニア自身の胸に押しつけてくる。

先ほどまでジュードに弄《もてあそ》ばれていた乳首は、すでに芯を持っている。ほんの少し爪が触れただけでも、しびれるような快感をもたらしてきて……

「できますよね？」

楽しそうな声で言われて、セレニアにはもう為す術がなかった。

どれだけ恥ずかしいと伝えたところで、彼は絶対に譲ってくれない。

セレニアは首を縦に振る。

頭の上から「良い子ですね」という声が降ってきて、頭のてっぺんに口づけられた。

「まずは、自分で胸を触ってみてください」

ジュードの声に従って、セレニアは小さな手で自らの乳房を包み込む。

大きくもなければ小さくもない胸は、セレニアの手の中にすっぽりと収まった。

「そう。じゃあ次は、優しく揉んでみてください」

頭の上から飛んでくる指示に従って、セレニアは自身の胸をそっと揉んでみた。

けれど、ジュードに触れられた時のような気持ちよさはない。

戸惑っていると、ジュードがセレニアの手に自身の手を重ねてくる。

「こういう風に触れるといいかもしれません」

彼はセレニアの手に自身の手を重ねたまま、ふくらみをすくい上げるように動かした。

胸を弄《いじ》られる感覚よりも、ジュードによって自らの手をいいように操られているという事実がセレニアを昂《たかぶ》らせていく。

「あ、あっ」

ジュードはセレニアのもう片方の胸のふくらみに手を押しつけた。

「こっちは、俺が可愛がってあげますね」

さも当然のようにそう言って、彼は柔らかさを堪能するかのように優しく揉みしだいてくる。

やはり、自分で触るよりもずっと気持ちがいい。

「次は……そうですね。ここを弄《いじ》ってみましょうか」

ジュードはセレニアの乳首を指先でツンツンとつつく。

たったそれだけなのに、強い快感が走った。

その快感はセレニアの背筋をゾクゾク震わせて、下腹部が熱を帯びていく。

蜜口からとろりとした蜜が溢れ出たような気がした。

(ジュードさまの言う通りに、すれば……)

気持ちよくなれる——セレニアの身体は、それを学習してしまっている。

恐る恐る指先で自身の乳首に触れ、軽くつまんでみる。

それほど力を入れたわけでもないのに、身体がびくんと跳ねた。

「そう。さっき俺が触ったので、もう硬くなっていますからね。今度は爪の先で先端をつついたり、ひっかいてみたりしてください」

耳元で囁《ささや》かれ、息を吹きかけられる。

艶《なま》めかしい声でそう指示されて、セレニアは逆らうこともできずにジュードの指示通りに指を動かした。

切りそろえられた爪で乳首の先端をつつくと、それだけで声が漏れてしまいそうなほどの快感が走った。

「ぁ、ああっ、ひゃっ！」

「そう。可愛いですよ。今回も、こっちは俺が」

もう片方の胸のふくらみを包み込むジュードの手。その指先が、今度は頂を弄《いじ》ってくる。

指の腹でぐりぐりと押し潰され、爪でつつかれる。

時折ひっかかれるのも、たまらなく気持ちいい。

「ぁ、あんっ！」

「ダメですよ。指を止めないで」

ジュードの指に意識が集中してしまって、自分の指が止まってしまう。

指摘されて、セレニアは必死に指を動かした。

もう、自慰行為をしていることの恥ずかしさは、消えてしまった。

ただ、ジュードの指示通りに動くことしか考えられない。

「あんっ！　あぁ、ひゃいっ……！」

両方の乳首を弄《いじ》られて、セレニアの身体から力が抜けていく。

ジュードの胸に背中を預けると、彼がかすかに笑った気がした。

上目遣いに彼の顔を見上げる。

「可愛いですね、セレニア」

彼が甘ったるく囁《ささや》いた。

「そろそろ下もよくなってきたでしょう。……下着、脱ぎましょうか」

彼はそう言うと、セレニアの秘所を隠す下着のひもを解いて、さらりと脱がせてしまった。

秘所が冷たい空気に晒《さら》されて、背筋がぶるりと震える。

大きく脚を開かされているせいで、恥ずかしい部分を隠すことさえできない。

「では、触ってみましょうか」

ジュードはセレニアの手を掴み、その手をセレニア自身の秘所へ導いた。

そのまま蜜口に手を押しつける。そこはうっすらと湿っていた。

（や、やだ……私……）

自分で身体を弄《いじ》って、濡れてしまった。

それを実感すると、どうしようもなく恥ずかしくて……

どうしようもなく、もどかしい。

「んっ」

腰をよじると、臀部に熱いモノが当たる。

その正体がジュードの熱杭だとわかるのに、時間はかからなかった。

（……ぁ）

その感触を想像して、蜜壺がきゅうっと締まったような気がする。

しかし、唇を噛んで自身の想像をごまかそうとする。

すると、ジュードはセレニアの手を秘部にこすりつけた。

彼のもう片方の手は、相変わらずセレニアの乳房を掴んでいる。

「セレニア。ここに指を挿れるんですよ」

セレニアの指をジュードの指が押して、蜜口に触れる。

くちゅりという水音が聞こえた。そこはもうすっかり濡れていた。

入り口はひくひくとうごめいており、指を押しつけただけで蜜が溢れてくる。

「ほら、挿れてみてください」

耳元で囁《ささや》かれて、恐る恐る人差し指を進めていく。

中は熱くうねり、セレニアの指を奥へいざなおうとするかのようだった。

「ひっ……」

でも、やっぱり怖い……

それ以上指を進めるのをためらって、動きが止まってしまった。

ジュードに「怖いですか？」と問いかけられ、セレニアは何度も首を縦に振る。

「ですが、昨日はここで俺のモノを受け入れてくれたんですよ」

ジュードの指が、するりとセレニアの指を撫《な》であげる。

（それは、確かにそうなのだけれど……）

「もっと太いモノが入っていたのですから、大丈夫。指くらい簡単に入ります。……ほら」

手首を優しく掴まれた。

けれど、その力は強い。まるで、指を抜くことは許さないとばかりの力だ。

セレニアは意を決して、人差し指を根元まで埋め込んだ。

「んんっ、ぁ」

膣内はぎゅっと指を締めつけるように収縮し、うねっている。

セレニアの頬がさらに熱くなっていく。

力の抜けた身体をジュードに預けた。

「上手にできましたね」

その褒め言葉は優しいのに、どこか情欲を孕《はら》んでいるようだった。

セレニアの蜜壺がまた、きゅっと締まる。

「では、動かしてみましょうか。……こういう風に」

手首を掴んで、ジュードがセレニアの指を操る。

言葉にしがたい快楽が走った。

最も感じる部分を無慈悲に責められて、セレニアの口から嬌声《きょうせい》が溢れる。

「ああっ！　そ、そこ、だめ、だめぇ……！」

首を横に振ると、ジュードは「ダメじゃないでしょう」と言って、セレニアの手首をパッと離した。

「……ぇ？」

驚いてセレニアが彼の顔を見つめる。彼は意地の悪い笑みを浮かべている。

「ほら、自分で動かしてみてください」

優しく諭《さと》すような声。

なのに、言っていることは強引だった。

「そ、そんなの……私」

そんなはしたないこと、できない……

目だけでそう訴えるものの、ジュードはにっこりと笑うだけだ。その笑みには有無を言わさぬ迫力がある。

それに、セレニアの身体は中途半端に昂《たかぶ》ってしまっている。

このまま終わらせることも、今のセレニアには耐えられなかった。

「セレニアは良い子ですから。できますよね？」

頭のてっぺんに口づけを落として、ジュードが囁《ささや》いた。

その声はどうしようもないほど艶《なま》めかしく、セレニアをさらに昂《たかぶ》らせる。

挙句、セレニアの乳首をつまんでぐりぐりと嬲《なぶ》ってきた。

「ぁあああっ！」

隘路が締まって、ナカがうねる。

……もどかしい。指が入っているのに、動かないのがもどかしくてたまらない。

「んっ……」

もう、我慢の限界だった。

セレニアはゆっくりと指を動かした。

ジュードに教え込まれた自身の弱い場所を探し、おずおずと触れてみる。

(音、してる……)

秘所からはいやらしい水音が響いていた。

それがさらにセレニアの身体と心をどんどん昂《たかぶ》らせていく。

ぐちゅぐちゅと音が聞こえてくる。もう、自分で弄《いじ》っているということは関係なかった。

今はただ、達したくてたまらない。

自分の身体は、いつの間にこんなにも淫らになってしまったのだろうか。

疑問が湧き上がったのは一瞬だけで、そんなことは快楽への誘惑にあっさりとねじ伏せられてしまった。

「いいですよ、セレニア。上手です」

ジュードは自慰行為に耽るセレニアを見下ろして、楽しそうに囁《ささや》く。

いつの間にかセレニアの脚は解放されていた。

だというのに、まだ大きく広げたままになっている。

今のセレニアに、自分がいかに淫らな格好をしているかなど意識する余裕はなかった。

「想像以上です。……俺も、興奮してきました」

言葉通り、セレニアの臀部に当たるジュードのモノは先ほどよりも硬く張りつめている。

彼もセレニアの行為を見て、興奮しているのだ。

それが、伝わってくる。

「じゃあ、俺はこっちを弄《いじ》ってあげましょうか」

彼の指が茂みをかき分けて花芯に触れた。

(ひゃあっ……!)

そこも一緒に弄《いじ》られてしまったら、きっと、おかしくなってしまう。

わかっているのに、拒否しようという気は起きない。

快楽が欲しくて、たまらない。

中途半端に昂《たかぶ》ってしまった身体は、貪欲に快楽を求めている。

「セレニア。指は、そのまま動かしておいてくださいね」

そう言うと、ジュードはセレニアの花芯を指で弄《いじ》ってくる。

蜜でとろとろに濡れたそこはわずかな刺激でも敏感に拾ってしまうのに、ジュードは遠慮なくこすりあげ、ぐりぐりと押し潰し、セレニアに大きすぎる快楽を与えた。

「ぁあっ!」

膣内に入れたままの指を締めつけてしまう。さっきまでよりもずっと激しくうごめいているのがわかったが、指を動かすことをやめられない。

ジュードに動かしているようにと言われたこともある。

しかし、それ以上に……もっともっと、気持ちよくなりたかった。

感じるところをこすりながら、ジュードの胸に背中を押しつける。

先ほどよりも大きな水音が響く。

徐々に頭がぼうっとして、理性が失われていく。

「上手ですね。可愛いですよ、セレニア」

頭の上から降ってくるジュードの声は、うっとりとしているようだった。

彼がセレニアで興奮してくれているのだと思うと、たまらなかった。

そしてジュードは、セレニアの頭のてっぺんに口づけを落とす。

「そろそろ、イキましょうか」

その言葉と同時に、ぎゅっと花芯をつままれた。

「あぁあっ！」

乳首を弄《いじ》っていた時のように、指の腹で撫《な》でまわし、爪の先でカリカリとひっかいて、それからまた指先でぐりぐりと押し潰される。

敏感な神経の塊をお構いなしにこねくりまわされて、セレニアの背がのけぞった。

「やぁ、あっ！　ひぁあっ！」

大きな嬌声《きょうせい》が漏れて、指を止めてしまう。

ジュードはそれを咎《とが》めることはせず、セレニアの花芯を虐め続ける。

かと思えば、今度は蜜壺に埋まるセレニアの指を強引に引き抜き、代わりとばかりに自身の指を隘路にねじ込んだ。二本の指が狭いその場所を広げるように動き、膣壁を撫《な》でまわす。

「あぁっ！　いや、いやぁっ……！」

強すぎる快楽に、セレニアが幼子のようにいやいやと首を振る。

「嫌じゃないでしょう」

対するジュードは無情にもそう言うだけで、止まる気配がない。

片方の手で花芯を弄《いじ》り、もう片方の手は蜜壺に指を埋めている。ナカに入り込んだ指がセレニアを蹂躙《じゅうりん》する。

「いやぁ……っ！」

「気持ちいいって、言ってください。……嫌じゃなくて、気持ちいいんですよね？」

セレニアは小さく首を縦に振った。

嫌じゃない。気持ちいい。

自分自身にそう言い聞かせると、セレニアの口は自然と言葉を紡いでいく。

「きもち、いい、の……」

「そう、良い子ですね」

セレニアを蹂躙《じゅうりん》する指が、二本から三本に増える。

それらはナカでバラバラにうごめきながら、奥へ奥へと入っていった。

ジュードの長い指が、セレニアを遠慮することなく犯していく。

「ひぅっ、あぁんっ！」

「もう、イキそうですか？」

セレニアはぶんぶんと首を縦に振った。

もうダメだ。もう、気持ちよくてたまらない。

呑み込めなかった唾液が口の端からこぼれ、胸元を汚していく。

「いやらしいですね……。そんなにうっとりした顔をされてしまうと……今日も、離してあげられそうにありません」

快楽に溺《おぼ》れたセレニアを見つめるジュード。

セレニアは彼の指を思いきり締めつけながら達した。

達した余韻でひくひくと蜜口が震える。身体に力がうまく入らない。

ジュードの胸にもたれかかっていると、ナカから指が引き抜かれた。

そこはこれでもかというほど蜜が絡みついており、てらてらと光っている。

「セレニア」

「ジュード、さま……？」

突然名前を呼ばれ、視線を向ける。すると、ジュードとばっちりと視線が交わった。

その目は、完全に欲情している。

「あなたのなかに、入りたい」

彼は至極真剣な表情でそう告げてきた。

実際、セレニアの臀部に当たるソレは、先ほどからずっとセレニアのナカに入りたいと主張をしている。

セレニアは唇をわなわなと震わせた。

ジュードのモノは大きい。彼のモノを受け入れるのは身体への負担が凄まじい。

わかっている。わかってはいるのだけれど……

「……は、ぃ」

セレニアは彼を受け入れたかった。

そもそも、自分だけ気持ちよくなるのは不公平だ。

肯定の返事をすると、ジュードがにっこりと笑ってくれる。

「では、そこに横になって」

セレニアは指示された通り、ゆっくりと寝台に横になる。

その間に、ジュードは自身の衣服を脱ぎ捨てていく。

（あ……）

露わになったモノに、セレニアの視線はくぎづけになった。

張りつめて、ほんのりと濡れている。

セレニアはごくりと唾を呑み込んだ。

（……あれ、が）

ジュードの熱杭を見つめて、言葉を失う。

昨日も見せつけられたはずなのに、再び目の当たりにするとその大きさにおののいてしまって、
信じられない気持ちになる。

（あんなにも大きなモノが、私の中に入っていたなんて……）

人体とは不思議なものだ……

セレニアが思考を飛ばしていると、ジュードが覆いかぶさってきた。

彼のモノの先端が、セレニアの蜜口に押しつけられる。

蜜と先走りを混ぜるようにこすりつけられると、セレニアの身体に言葉にしがたい感覚が襲ってくる。

「……セレニア、挿れますね」

その感覚におののいていると、ジュードがゆっくりと腰を押し進めてくる。

「ぁんっ」

まずは浅い場所を出入りして、馴染ませるように何度かこすられる。

そうされているだけで、セレニアの身体に小さな愉悦が生まれた。

官能がふつふつと沸き起こり、膣内がうごめいていく。

ジュードが一旦腰を止める。

そして……一気に腰を押し進めた。

「──ひゃぁっ！」

瞬間、セレニアの身体を不思議な感覚が襲う。

昨日のような痛みはない。確かにまだ痛いといえば痛いが、耐えられないほどのものではなかった。

セレニアは大きく肩を揺らして、呼吸を整える。

「セレニアのナカ、とても気持ちがいいですよ」

熱に浮かされたような声で、そんな言葉が降ってくる。彼の指が、セレニアの頬に触れた。

「動いても、いいですか？」

優しい問いかけだった。

だが、相変わらず有無を言わさぬ迫力がある。

セレニアが恐る恐るうなずくと、ジュードがゆっくり腰を動かしはじめた。

（あぁんっ！　むり、むりぃ……！）

身体を優しく揺さぶられる。けれど、彼の分身は容赦《ようしゃ》なくセレニアの最も感じる部分を何度も突き上げた。

そのたびに、セレニアの蜜壷が収縮する。それが気持ちいいのか、ジュードも息を荒くしていた。

「セレニア。ここも、一緒に弄《いじ》りましょうね」

そう言って、ジュードはセレニアの乳房を鷲掴む。

指の腹で乳首を挟まれてぐりぐりと刺激され、爪で軽くひっかかれる。

セレニアにはもう、為す術がなかった。

我慢できずに喘《あえ》ぎ、蜜壷に収まった楔《くさび》を締めつけることしかできない。

「――っつ、セレニア、締めつけすぎ、です……！」

彼が苦しそうにそう呟いた。

しばらくして、セレニアの蜜壷の最奥に熱いモノが放たれたのがうっすらとわかる。

どうやらジュードは達し、セレニアの奥に欲を放ったらしい。

セレニアはほっと息を吐いた。

蜜壺から、ジュードのモノが引き抜かれていく。

次にジュードは、セレニアの唇に貪《むさぼ》るような口づけを降らせた。

「んんっぁ、んぅ……！」

先ほどまで下腹部から聞こえていた水音が、今度は口元から聞こえてくる。

そんなことを考えると、セレニアの心臓が大きく音を鳴らした。

だけど、それよりも……

(まだ、硬い)

太ももにこすりつけられるジュードのモノが、まだ硬さを失っていない。

セレニアが頬を引きつらせると、彼は唇の端を上げた。

「まだまだ、足りませんね」

「あ、あの……」

怯《おび》えたセレニアが腰を引こうとするも、ジュードがしっかり抱き寄せる。

片方の手で自身を軽くしごき、その先端をもう一度セレニアの蜜口に押しつけてきた。

「俺は一回じゃ足りませんから。意識が飛ぶまで、愛してさしあげます」

色気を含んだ笑みを浮かべながらジュードは言った。

セレニアは言葉を返せない。

その隙に、ジュードはまた一気にセレニアの身体を貫く。

「あぁっ！」

先ほど放たれた欲と蜜が混ざり合い、一度目よりもスムーズに熱杭が出入りする。

「あんっ、んんっ！」

もう理性など存在しなかった。

無意識のうちにジュードの首に腕を回して、彼の身体を引き寄せる。

ジュードは「気持ちいいですね」とセレニアに囁《ささや》いた。セレニアはぶんぶんと首を縦に振る。

「気持ちいぃ……！」

「そうです。……素直なセレニアは、もっと可愛いですよ」

自身の分身を容赦《ようしゃ》なく出入りさせながら、ジュードはセレニアのことを「可愛い」と言う。

……絶対に、今の自分は可愛いわけがないのに。

そう思いながらも、セレニアの心が温かくなる。

心も身体も、満たされていく。

「あぁんっ！」

セレニアの弱点を、ジュードの楔《くさび》が容赦《ようしゃ》なく責め立てる。

セレニアはあっけなく達してしまい、ジュードの熱杭を締めつけて、彼が欲を放つのを手助けする。するとジュードも「くっ」と声を漏らして、もう一度セレニアのナカに欲を放った。

「……は、ぁ」

もう、少しも力が入らない。
（目を瞑《つむ》れば、今すぐにでも眠ってしまえそう……）
セレニアがなんとか呼吸をしていると、ジュードはセレニアの中から自身を引き抜く。
「今日は、ここまでにしておきましょう。……おやすみ、セレニア」
彼はセレニアの額に優しく口づけを落とす。
その心地よい感覚を抱きながら、セレニアはゆっくり夢の世界へ落ちていくのだった。

第三章　手がかり

「奥さま。本日はこちらのお召しものなどいかがですか？」

「そちらなら、飾りはこちらのほうがいいかしら？」

いつものように侍女のカーラとルーシーがニコニコしながら衣装を吟味《ぎんみ》している。

たくさんのワンピースとアクセサリーが並べられ、セレニアの気分に合わせて今日の装いを選んでくれるのだ。

これは毎朝のルーティーンだ。毎日のことだというのに、彼女たちは飽きる様子もなく楽しそうにセレニアを飾り立てる。

セレニアとジュードが結婚して、三カ月が経った。

結婚式を行った頃はぽかぽかした過ごしやすい気候だったのに、今では真夏日と言っていいほど気温の高い日が続いている。

カーラたちが手にしているワンピースも、薄手のものばかりだ。

「奥さま？　どうなさいますか？」

どうやら二人の間では話がまとまったらしい。

いくつかのワンピースを見せられ、セレニアは一番右の淡いブルーのものを選ぶ。

基本的に、衣服は二人がいくつかの候補にまで絞り、最終的にセレニアが選ぶというのが常となっていた。

「そういえば奥さま。ご存じですか？」

着替えの最中、不意にカーラが声をかけてくる。

首をかしげると、彼女は「本日はセザールさまがいらっしゃるのですよ」と教えてくれた。

……セザール。

その名前を聞くと、嫌な思い出が蘇《よみがえ》る。

彼は屋敷に忍び込んでセレニアを茂みにひっぱり込んだ男性だ。

もちろん、害をなそうとしたわけではない。だがその時セレニアは彼を不審者と思って、思いきり噛みついてしまった。

ジュードもセザールもセレニアを責めるようなことはしなかったが、セレニアにとってその時のことは、はしたないことをしたという苦い記憶になっている。

セザールはジュードに会いに、月一のペースでメイウェザー男爵邸を訪れている。

しかし、セレニアは気まずさから、あの日以来一度も顔を合わせていないのだった。

ジュードもセレニアの意思を尊重して、無理にはひっぱり出さずにいてくれている。

「……じゃあ今日は、あまりお外に出ないようにするわ」

セザールは神出鬼没である。ジュードを驚かせようとさまざまな場所から登場するため、油断も隙もない。

彼が来る時、セレニアは屋敷に閉じこもるようにしていた。

「かしこまりました。では、本日はお屋敷の中でお過ごしになりましょうね」

セレニアの気持ちを察してルネがそう言ってくれるので、セレニアは静かにうなずいた。

その後、髪の毛を軽くまとめ、軽く化粧を施してもらって朝食の席に向かう。

（さすがに、身体がしんどいわね……）

心の中だけでそう思いながら、セレニアは足を踏み出していく。

原因は明確である。

昨夜もまた激しく愛され尽くしてしまったからだ。

（確かに毎日でも抱きたいとは言われたけれど、本当にほぼ毎晩抱かれることになるなんて……）

いつもは優しくて気遣いも忘れないジュード。しかし、夜になると彼は豹変したようにセレニアを貪《むさぼ》るのだ。

その上、一晩に一度や二度では満足せず、セレニアの意識が続く限り犯し尽くす。

それも、毎晩。

セレニアの身体はすっかり悲鳴をあげていた。けれど、彼と朝食の席を共にするため毎日早くに起きている。

（せっかくだもの。朝食くらい共にしたいわ）

昼間はほとんど仕事場にいるジュードだ。夕食も、場合によっては外で済ませてくることがある。

だから食事を共にできる機会はほとんどが朝食に限られる。

それに、せめて彼のことを見送り、妻としての役割を果たしたかった。

（こんなにも厚遇してくれているのだもの。できるなら立派な妻でいたい）

彼の恥にならない女性になりたい。

それが、今の一番の目標だ。

そう思いながらセレニアは食堂の扉の前に立つ。

結婚して一週間が過ぎる頃には、屋敷の部屋割り、使用人たちの顔と名前も大体覚えられた。

出来が悪いと言われ続けていたセレニアだが、実際はそうでもなかったのだ。

アビゲイルのレベルが高すぎただけで、セレニアも世間一般的には優秀な部類に入るらしい。

ルネたちはそう言っていた。

扉を開け、食堂に入る。

中にはすでにジュードが席についていて、なにか重厚な本を持っていた。しかし、セレニアに気がつくと本を閉じてにっこりと笑いかけてくれる。

「おはよう、セレニア」

「……おはよう、ございます」

ペコリと頭を下げてジュードに朝の挨拶《あいさつ》を返すと、彼は「かしこまる必要はないと言ったでしょう？」と苦笑する。

「何度も言っていますが、俺たちは夫婦です」

彼はそう言いながら、椅子に座るように促してくれた。

「いつもいつも無理ばかりさせているのですから、朝くらいゆっくりしていてもいいのですよ」

その言葉はジュードの優しさからのものだ。それはわかっている。

だが、セレニアは首を横に振った。

「いえ、私が……ジュードさまと、食事を共にしたいのです」

控えめに笑うセレニアの姿に、ジュードは驚いたように目を見開く。

「そんな風に言ってもらえると、嬉しいです」

彼が心から嬉しそうに笑いながらそう言ってくれる。その笑みは、セレニアが大好きなものだ。

彼の笑顔を見ていると、心臓が大きく音を鳴らす。

セレニアは顔が赤くなりそうなのをごまかすようにうつむいた。

「奥さま。どうぞ」

うつむいていると、執事が果実水の入ったグラスを持ってきてくれた。

「ありがとう、アーロン」

名前を呼ぶと、執事は嬉しそうに微笑んでくれる。

果実水を一口飲んで、セレニアは心を落ち着けた。

(それにしても、不思議な気持ちだわ)

メイウェザー男爵家に来るまで、一人の食事に寂しさなど覚えなかった。

むしろ両親や姉と一緒にいなくて済むことに安心していたくらいだ。

それなのに、ジュードとなら共に食事をしたいと思う。

彼のそばにいたいと思ってしまう。

彼がいない食堂は、物足りない。

それは、なぜなのか。

(わかっているわ。……私、ジュードさまのことを好きになりはじめているのよ)

目を伏せながら、セレニアはそう思う。

ジュードに惹かれている。

日々の優しい態度も、夜は豹変したように激しくセレニアを求めてくるところも。

いつの間にか、好きになってしまった。

そのことを実感していると、メイドたちが食事を運んでくる。

最近は料理人もすっかりセレニアの好みを把握して、セレニアの好物を優先的に出してくれるようになった。彼らもまた、セレニアが喜ぶのが嬉しいと言ってくれるのだ。

「食べましょうか」

メイドたちが給仕を終え、ジュードに促されてセレニアは食事をはじめる。

温かくてふわふわしたロールパンに添えられているのは、イチゴのジャムだ。ほんのり酸味の効いたこのジャムが、セレニアは大好きだった。

いつものようにジャムをたっぷりパンに載せて頬張る。ジュードは、ここではお上品に食べなくてもいいと言ってくれた。

会食や社交の場ではいけないけれど、自分の前くらいでは自然体でいてほしい、と。

その言葉に、セレニアもいつの間にか甘えるようになっていた。

「セレニア、美味《おい》しいですか？」

ジュードが優しい声でそう尋ねてくる。

セレニアは少しの間も置かずに「はい、とっても」と答えた。唇の端についたジャムをナプキンで拭きとる。

「初めてここに来た頃よりも、ずっと元気になりましたね」

ふとジュードがそう声をかけてきた。

その言葉の意図がわからず、セレニアは小首をかしげる。

「ここに来たばかりのあなたは、どこか緊張して……すべてを諦めているようでしたから」

セレニアを見て、彼はそう続ける。

確かに、あの頃のセレニアにはなんの希望もなく、他人に期待することをやめていた。

自分が愛されることは未来永劫ないのだと、諦めていた。

それが今、元気なように見えるというなら、その理由は間違いなく目の前にいるジュードだ。

ジュードと、自分を支えてくれる使用人たちのおかげだった。

侯爵家の使用人たちも優しかったし、アルフたちとの生活も満たされる部分はあった。

だが、やはりどこかで自分は親に見捨てられた『ハズレ』なのだという意識に苛《さいな》まれてきた。

今は違う。

夫であるジュード、そしてルネをはじめとした使用人たちは、ほかの誰でもないセレニアを尊重し、大切にしてくれている。

セレニアがどれだけ壁を作ろうとしても、簡単に壊してしまう。

そういうところが心地いいのかもしれない。

「もしそうなら、それはジュードさまたちのおかげです」

「俺たちの？」

「はい。私が元気になれたのは、ジュードさまやルネたちが私のことを愛してくれたから……だと、思います」

言葉にすると、なんだかちょっと恥ずかしい。

それでもこの気持ちは、どうしても彼らに伝えたかった。

頬をかすかに染めるセレニアを見て、ジュードは「……そうですか」と嬉しそうに目を細める。

「俺はセレニアが好きです。だから、そう言ってくれてとても嬉しい」

彼のその言葉は、偽りではないと思えた。

心の底から想ってくれているかのようで。セレニアの心がまた温かくなるのだった。

そうしていると、あっという間に食事の時間は終わってしまう。

ジュードは仕事場へ向かう準備をしに席を立った。

「ああ、今日はセザールが来るので昼過ぎには戻る予定です」

彼がセレニアに笑いかける。

「そうなのですか？」

「はい。いつもの通り、あなたは来客……特にセザールには気を遣わなくて大丈夫です。会いたくない相手には、会わなくていい」

ジュードはそれだけ言い残すと、執事を連れて颯爽《さっそう》と立ち去っていった。

その後ろ姿を眺め、セレニアはぼうっとしてしまう。

しかし、ルネに「奥さま」と声をかけられてハッとした。

「本日は、どうなさいますか？」

ルネに尋ねられ、セレニアは少し考える。

今日は特にすることもない。最近ではジュードの役に立とうと少しずつ知識をつけているが、やはりできることは限られている。

「そうね。とりあえず、お屋敷の中を見てまわろうかしら」

「かしこまりました」

セレニアの言葉にルネがうなずく。

「では、行きましょうか」


一日に一度、屋敷内を見てまわるのがセレニアの日課だ。

それは使用人たちの様子を知り、不都合や困ったことがないか確認するためでもある。

「あら奥さま。本日は朝早くから……」

洗濯場では、ランドリーメイドがせっせと働いていた。

彼女たちはセレニアが来たことに気がつき、深々と頭を下げる。

「いつも突然でごめんなさい。なにか変わったことなどはない？」

控えめに笑って問いかけると、メイドたちのリーダーが近づいて頭を下げた。

「変わったこと、というほどではないのですが」

彼女が困ったような表情を浮かべる。

セレニアは彼女の言葉を待った。

「いえ。本当に大したことではないのです。物干し場の日当たりが少し悪くなっていて」

「日当たりが？」

「はい。後ろの木々が伸びて、日を遮《さえぎ》ってしまうのです」

セレニアは口元に手を当てて考える。

メイウェザー男爵邸は自然が豊かで、背の高い木も多い。物干し場は日当たりがいいから、その分木々の成長も早いのだろう。

「奥さまにお伝えするほどのことではないと思っていたのですが」

「いいえ、いいのよソニア。それじゃあ庭師に頼んで、きちんと日が当たるように剪定《せんてい》をしてもらいましょう」

庭師は常にいるわけではない。月に数回、屋敷に通っている。

（ちょうど明日来てくれる予定だわ。その時にお願いすればいいわね）

セレニアが大きくうなずくと、彼女――ソニアはホッと胸を撫《な》で下ろした。

彼女は以前、別の貴族の邸宅に仕えていたが、女主人の宝石を盗んだと疑いをかけられ、解雇されたという。ジュードが調べたところ、それは濡れ衣だったそうだが。

(だから女主人が怖いのよね。少しでも慣れてくれるといいのだけれど)

彼女は年下のメイドたちからとてもよく慕われている。ぜひとも、ここで働き続けてもらいたい。

セレニアはそう思っている。

「では、また」

「はい。ありがとうございました」

ソニアやほかのランドリーメイドたちに声をかけて、セレニアはルネを連れて洗濯場を去る。

少し離れると、御者を務めている少年がこちらに駆けてきた。

「奥さま〜」

彼はセレニアを見て手をぶんぶんと振る。

その様子を見て、後ろにいるルネが大きくため息をついた。

「……申し訳ございません。ホレスはまったく学習能力がなくて……」

「いえ、いいのよ」

御者の少年――ホレスは、ルネの遠縁の親戚にあたる。

両親をいきなり亡くし、途方に暮れていた彼をルネが引き取ったのだ。

それを知ったジュードは、ホレスのことも雇うことに決めたらしい。

「奥さま、今度はいつルークに会いに来てくださいますか？」

ホレスが笑って尋ねる。

ルネが少し微妙な表情を浮かべるのを尻目に、セレニアは「そうねぇ」と呟く。

「今週中には会いに行きたいわ」

「そうなのですね！　ルークも喜びます！」

ホレスが嬉しそうに、今度は逆方向に駆けていく。ルネが「ホレス！」と叫ぶ声を聞いて、セレニアはくすくすと笑った。

「本当にホレスは……」

「いいえ、元気でいいわね。ルークも彼を信頼しているのがよくわかるわ」

「それがあの子の一番の取り柄ですから」

ルネが困ったように息を吐く。

その様子も、セレニアからすれば面白かった。

「また近々ルークに会いに行きましょう。そうだわ。料理人からニンジンを分けてもらえないかしら？」

「お言葉ですが、以前ルークにくしゃみをかけられていましたよね？」

「いいじゃない。生きているのだもの」

なんてことない風にそう返して、セレニアは笑う。

ルークとはこの男爵家で飼われている馬である。

動物好きなセレニアは、たびたびルークにも会いに行っていた。

「ここはいいわ。たくさん動物がいるのだもの」

「奥さまったら」

どこか呆れたようなルネだったが、セレニアを咎《とが》めることはない。

それもこれも、セレニアが元気ならそれでいいと思ってくれているからなのだろう。

なによりも、セレニアがしたいことを尊重してくれているのだ。

「そうだわ、ルネ。子供向けの文字の本は、どこかに売っていないかしら？」

「子供向けの、ですか？　それはまた突然ですね」

ルネが眉間にしわを寄せる。

「メイド長のベティに娘さんがいるでしょう？　その子が、文字を覚えたいのですって」

以前、セレニアはメイド長の娘と話をした。

その際、彼女は本を読むために文字を覚えたいと言っていたのだ。

「あの子は身体が弱くてあまり外で遊べないから、退屈なのですって。だから、少しでも役に立てないかと思うの」

あまりにも真剣そうなセレニアを見て、ルネは少し考え込む。

「もしかしたら、図書室にならお役に立ちそうなものがあるかもしれません」

「図書室に？」

「はい。以前、旦那さまがそういったご本を作っていらっしゃったはずです」

その話は初耳だ。

まさか、ジュードは服職業だけでなく出版業にまで関わっているのだろうか。

「ジュードさまは、出版業もなさっているの？」

「いえ、そういうわけではございません。なんでも、孤児院に寄贈するためだとか」

ルネはそう教えてくれるが、彼女も詳しくは知らないようだ。

「確かその時の見本が図書室に保管されていたかと。持ち出すのは旦那さまの許可がいりますが、見るだけなら問題ございません。ご覧になりますか？」

「もちろん。そういえば図書室って、まだ行ったことがなかったわ。案内してくれるかしら？」

笑ってそう言うと、ルネはうなずいてくれた。

しかしどこかで、セレニアはかすかな違和感を覚えていた。

（ジュードさまが、孤児院に……）

確かに彼は優しいいし、ありあまる富を築いている。貴族として、恵まれない子供たちを支援しようとするのはおかしくはない。

（でも、わざわざ本まで作るかしら……？）

お金を寄付するだけならいざ知らず、時間も手間もかけて本を作るというのはいかにジュードが優しいとはいえ、疑問があった。

『あまり俺に深入りしないでください。……そういうの、困るんです』

唐突に、いつかジュードに言われた言葉が蘇《よみがえ》る。

もうすっかり気にならなくなっていたと思っていたのに、なぜだか突然、あの時突きつけられた拒絶を思い出してしまった。

(そうだわ。私が気にすることでは、ない)

自分が気にしたところで、なにも変わらない──そう、思ったから。


「奥さま、こちらでございます」

ルネが一つの重厚な扉を前にして、口を開く。

扉には複雑な模様が彫られていた。この扉だけでもかなりの価値がありそうだ。

(きっと、ライアンズ侯爵家のものよりも立派な図書室なのでしょうね)

実家の侯爵家にも図書室はあったものの、あまり貴重な本は置いていなかった。

というのも、父の代になって値打ちのあるものはほとんど売り払ってしまったからだ。

ちなみに、売り払って得たお金はすべてアビゲイルに費やされていた。

ガチャリと鍵が回る音が響く。

ルネは重厚なその扉をゆっくり開いた。

部屋の中から漂ってくるのは古びた本の匂い。それはあまり本が好きではないセレニアにとっても、心地よく思えるものだった。

一歩足を踏み入れると、さらに匂いが強くなる。

ルネが明かりをつけてくれたので、中をよく見渡せた。

室内には大きな本棚がいくつも並び、そこにはびっちりと本がそろえられている。

吸い寄せられるように近づいて、一冊の本を手に取った。

それはこの国の歴史が書かれたものだった。ぺらぺらとめくってみるが、大して興味はそそられない。

「っと、文字の本は……」

あまりの数に圧倒されて、どこになにがあるのかわからない。一冊一冊、目で追っていけば、それらしき本は見つかるだろうか。

「こっちじゃないのかしら？」

五分ほど棚を見まわして、セレニアは小首をかしげた。

「ルネ、見つかった？」

少し大きな声で問いかけると、ルネは「いいえ！」と返してくれる。

「じゃあ、私はこっちを探してみるわね」

セレニアもそう返して、顔を上げる。

ふと、視線の先におかしなものを見つけた。

「なにかしら」

それは本棚に収まっているものの、本ではないことは一目瞭然だった。

古い、木箱のようだ。

「どうして、こんなところに木の箱が……？」

手を伸ばして、その箱を手に取った。

箱自体は古びているものの、埃《ほこり》をかぶってはいない。誰かが定期的に取り出して手入れをしているのかもしれない。

（ということは、誰かの……ジュードさまの大切なものなのかしら）

だったら、自分が不用意に触れるべきではないだろう。

セレニアは木箱を元に戻そうとした。

だが手が滑って、木箱がガタンと音を立てて落ちる。

「奥さま？」

驚いた様子のルネが心配そうに声をかけてきた。

「ごめんなさい、この箱を落としてしまって」

セレニアは慌ててぎこちなく笑顔を作る。

（大切なものが入っているかもしれないのに……）

慌てて木箱を戻そうとする。その時、ずれた蓋の隙間から中が垣間見えてしまった。

「これは絵本、かしら？」

木箱の中に入っていたのは、古い絵本だった。

しかし、どうして絵本がここにあるのだろうか。

本なら普通に本棚にしまえばいいのに、これは特別というように木箱の中に保管されていた。

まるで、誰の目にも触れさせないようにしているかのようだ。

（ジュードさまの、宝物なのかしら？）

そう思いつつ、セレニアは絵本を手に取ってみる。

なんの変哲もない絵本だ。

「あら？　この本って……」

表紙を見て気がついた。

この本には、見覚えがある。

子供の頃、セレニアがすごく気に入っていた絵本と同じものだ。

父方の祖母がセレニアの誕生日にと、たくさんの絵本をプレゼントしてくれた。その中で最も気に入っていたのが、この絵本だったはず。

女の子と動物のお話で、そこに出てくる動物たちがとても可愛かったのを覚えている。

「でも、お祖母さまが亡くなってしまって……」

祖母はいつだってセレニアに優しくて、大好きだった。

けれど、ある日突然病で急逝した。

以来、セレニアは祖母のことを思い出すのも辛くなり、祖母からもらったたくさんの思い出をすべて、封印してしまったのだ。

絵本たちも、しまい込んでいた。

(けれど、この絵本は……。それよりも前から、ずっと読んでいなかった気がするわ)

もちろん、子供の頃の話だから、飽きて読まなくなったということもあるだろう。

しばらく絵本を見つめていたものの、ふと、あまり触ってはいけないものだったのではないかと思い直す。

セレニアは慌てて絵本を木箱に入れて、元の場所に戻した。

「奥さま。ありましたよ」

しばらくして、ルネがそう声をあげる。

セレニアは「わかったわ！」と返事をして、彼女のほうへ向かった。


いくつかの教本を見つけて、メモをして。セレニアは私室に戻ることにした。

ほかにも興味深そうな図鑑があったので、ルネに確認してから持ち帰って私室で読むことにした。

「ねぇ、ルネ」

廊下を歩きながら、セレニアはルネに声をかけてみる。すると彼女は「どうなさいましたか？」

と優しく首をかしげた。

その笑みを見て、セレニアは意を決する。

「私、ジュードさまのことが知りたい」

目を閉じてそう言った。

「結婚式の日、ジュードさまにご両親のことや、ご親族のことを尋ねたの。でも、教えてもらえなかった」

その時のことを思い出すと、今も心が痛む。ルネが表情をゆがめた。

「あの時、私は侯爵家との縁を作るためだけに娶《めと》られたのだと思っていたから。知る必要はないと言われて、納得したわ」

だが、今は違う。

「けれど、今はそうは思えないの。ジュードさまのことをきちんと知って、彼の力になりたい」

はっきりそう言うと、ルネが目を伏せた。

「申し訳ございませんが、私から申し上げられることはありません。旦那さまが直接お話しになるまでは」

やはり、そういう回答が来るのか。

「……わかったわ」

自分が聞いて、教えてくれるとは限らない。

でも、一度彼にぶつかってみよう。

今ならそう思えた。

「ジュードさまは、私のことを大切にしてくださっているわ。だから……彼のこと、全部受け止めたいの」

それは正真正銘、セレニアの本音だった。


その後、セレニアは私室に戻って図鑑を開いた。

私室の机は窓に面しており、視線を上げると庭が一望できる。

少し前は、ここで結婚式のお礼状書きに励《はげ》んだなぁと思い出す。

あの頃は戸惑いのほうが強かったが、今では幸せのほうが強い。

「この犬種、アルフと同じだわ」

犬種が載った図鑑を開きながら、侯爵家に残してきたアルフたちに思いを馳せる。

ここでも、犬たちと共に生活できないだろうか。

ジュードはセレニアに優しい。アルフたちを連れてきたいと申し出れば、もしかしたら許可してくれるかもしれない。

(ジュードさまに、お願いしてみようかしら)

アーヤの滞在を許してくれているのだ。きっと、犬だって許してくれるのではないだろうか。

そんなことを考えながら、セレニアは図鑑をぺらぺらとめくっていく。

図鑑にはこの王国に存在する犬種だけではなく、他国の犬種まで載っていた。

心を弾ませながら、セレニアは夢中になって図鑑に目を通していく。

いつの間にか、昼食の時間になっていた。

ルネに声をかけられて、セレニアはハッとする。

「……もう、そんな時間？」

時計を見ると、いつの間にかかなりの時間が過ぎていた。

まさか、自分がこんなにも夢中になって本を読むなんて……

今まで本を読むことに苦手意識を持っていただけに、自分の変化に驚いてしまった。

セレニアは図鑑に栞《しおり》を挟んで立ち上がる。

ルネに連れられて廊下に出ると、ハウスメイドと視線が合った。

少し笑いかけてみる。彼女は恐縮したように頭をぺこぺこと下げてきた。

歩きながら、ふと疑問が浮かんだ。

使用人の顔と名前は覚えたはずなのに、彼女の顔には見覚えがない。

「彼女は？　初めて見る顔だわ」

「あの子は先日入ったばかりの子ですわ。ビアンカと申します」

セレニアの問いかけに、ルネは即座に答えてくれる。

「以前働いていたお屋敷で、主から嫌がらせを受けていたそうなのです」

そう言ってルネは軽く眉根を寄せた。

「ですから、貴族の方に怯《おび》えていると言いますか……。このお屋敷では奥さまも旦那さまもお優しいのだと、早くわかってほしいのですが」

「焦ることはないわ。それは、時間がかかってしまうものだから」

セレニアはぽつりとそう呟いた。

「一度嫌な記憶がこびりついてしまうと、なかなかそれは取れないわ。トラウマを乗り越えるには、時間が必要よ」

目を伏せて、そんなことをこぼす。

セレニアも同じだった。実家でいらないものとして扱われ、ここに来てもきっと同じだと思っていた。今では、この屋敷の人々がセレニアを大切に扱い、必要としてくれていることをきちんと理解できているつもりだ。

ルネが「奥さま」とセレニアを呼んだ。

少し、図々しかっただろうか？　一抹の不安がセレニアの胸に芽生える。

「そこまであの子のことを考えてくださっているのですね」

セレニアの不安とは裏腹に、彼女は嬉しそうに笑っていた。

ルネたちは、なにかがあるとすぐにセレニアを褒めて、感謝してくれる。

セレニアが使用人たちのことを大切にしたいと思うのは、彼らもそうやってセレニアを大切にしてくれるからだ。

こうして感謝されるというのは、嬉しい。

セレニアはこの屋敷で、少しずつ変わっていった。

ビアンカという新しいメイドも、変わっていければいいと思う。


しばらく他愛もない会話をしつつ、食堂を目指す。

どうやらジュードはまだ帰ってきていないらしい。

ほのかに落胆を覚えたが、ジュードは忙しい身なのだ。いつもいつもセレニアに構うことなどできやしない。

「それに、今日は夕食をご一緒できるのだものね」

今日はセザールが来るから早くに帰ってくると言っていた。

セザールのことは苦手だが、彼に感謝をしなければならないのかもしれない。

そんなことを思っていた時だった。

「あ、奥さま」

不意に、聞き覚えのある声がセレニアの耳に届いた。

思わず身が硬くなって、縮こまってしまう。

ルネがセレニアを隠すように立ちふさがった。

視線の先にいるのは——予想通り、セザールだ。

「セザールさま。お引き取り願えますか？」

ルネが敵意を隠さない声で告げる。セザールは肩をすくめた。

「そこまで警戒しなくてもいいじゃないか。僕は無害だよ。こんなに優しい男は僕かジュードしかいないんじゃない？」

「旦那さまとセザールさまと一緒になさらないでください」

「それは僕が優しくないということ？　ひどいなぁ、奥さまはどう思う？」

いきなり話を振られ、セレニアは目を回す。

しかし、答えないともっと面倒なことになりそうだ。

セレニアはルネの陰に隠れながら口を開いた。

「……ジュードさまのほうが、お優しいです」

今にも消え入りそうなほど小さな声で、そう言った。

「この家の人、僕に冷たくない？」

セザールがため息混じりに呟く。

ルネは「不審者予備軍ですから」と淡々と返していた。

対するセザールは、しょぼくれた表情を浮かべる。

その姿を見ても、ジュードセレニアに特別な感情は浮かばなかった。

もしも、ジュードががこんな風に落ち込んでいたら……自分はきっと、彼を励《はげ》ます。

だが相手がセザールである以上、セレニアにできることはない。

（セザールさまって、ルネたちからしても不審者なのね）

確かにジュードを驚かそうと茂みにひそむような人種である。不審者だと思われても仕方がないだろう。

一人納得しながらセレニアはルネの背に隠れ、セザールに視線をやる。

彼は不満そうな表情を浮かべた。

「僕は奥さまと少し話をしたいだけなんだけどねぇ」

セザールが呟いた。

「奥さまは僕を怖がっているのか、避けてるから。……僕、寂しくて」

ゆっくりと一歩ずつ、セザールが近づいてくる。

怖いわけではない。ただ、少し苦手なだけだ。

ジュードにとって大切な友人で客人なのだから、こんなことではいけないとわかっているのに……

「そ、その……」

こういう時、どういう風に対応すればいいのだろうか？

自分にアビゲイルのような淑女としての教養があれば、こんな時しっかり対応できただろうに。

悔しさから唇を噛んだ。

（このままじゃ、いつまでもジュードさまのお役に立てないわ……）

そんな自分が、憎たらしくてたまらない。

少しでも、彼の役に立ちたい……

「ルネ、下がって」

「ですが、奥さま……」

「セザールさまは、ジュードさまの大切なご友人なのよね。おもてなしは、妻の務めだもの」

セレニアはぎこちない笑みを浮かべる。

使用人たちの前では素直に笑えるのに、セザールを前にするとまだうまくいかない。

「奥さま、ご立派ですね」

そんなセレニアを見つめて、セザールがそう言葉をかけてきた。そして流れるような動きでセレニアの手を取る。

とっさに、手を引こうとしてしまった。

（ジュードさまだったら、こんなことには……）

セザールを見つめると、彼は笑った。

「はは、困ったなあ。……そうだ、奥さま。いいことを教えてさしあげよう」

「な、なんでしょう、か？」

セザールがなにか思いついたようにそう言うので、セレニアは上擦った声で尋ねる。

「ジュードが爵位を得る時に僕が手伝ったという話はもう聞いたかな？」

いきなり話が変わった。

一体、なんの話をしようというのだろうか。

「それが、どうなさったのですか？」

「爵位を得るには、保証人が必要なんだよ」

「はぁ」

そういう事情に明るくないセレニアは、どこか他人事のように聞いていた。

「だから僕と僕の父親が、ジュードの保証人になったんだ」

彼が肩をすくめる。

ということは、ジュードにとってセザールは友人どころか恩人、いや、もはや命綱に等しい存在なのではないだろうか。そんな相手に失礼な態度をとるなんて、と暗に責められているのかもしれない。

叱責を覚悟したセレニアだったが、続く彼の言葉は意外なものだった。

「彼には、僕ら以外に保証人になれるような人が存在しなかった。というか、きちんとした身分自体がなかったんだ」

「……え？」

「まぁ、成り上がりには少なくないんだけど」

セザールはおどけるように笑う。

そしておもむろにセレニアの耳に唇を近づけ、囁《ささや》いた。

「――ジュードはね、孤児だったんだ」

まるでセレニアを試すように、セザールはその事実を告げた。

セレニアは目を見開く。

「そう、だったのですか」

「えぇ、僕は真実しか言わないからね」

彼はあっけらかんと答えた。

ジュードが孤児。

そのことは別に、嫌悪することではない。

結婚式の際、新郎側には親も親族もいなかった。孤児であれば、当然のことだ。

今になってようやく腑《ふ》に落ちる思いだった。

あの日、親族のことを聞いて拒まれたことも、その事情を聞けば理解できる。

かたや侯爵家出身のセレニア、かたやその令嬢を金で買ったも同然の、孤児という出自の
ジュード。

自分の出自を知られたくなかったという気持ちは、セレニアにも想像ができる。

けれど、だからこそ悲しかった。

（そのことを、どうしてジュードさまの口から聞くことができなかったの……？）

自分でも無茶な願いだとは理解している。

それでも、そんな大切なことをジュード自身から聞くことができなかったことが、セレニアの心に悲しみを生んでいた。

（私は、ジュードさまにとって信頼するに値しない人間だった？）

結婚してすぐの頃なら、仕方がないと思う。

でも、今は三カ月も経っているのだ。

話せる機会だってたくさんあった。

好きだと告げてくれた。

それなのに、ずっと隠し続けられていた。

一度モヤモヤとした感情が湧き上がると、もうどうすればいいかわからなくなる。

手のひらを握りしめ、セレニアはうつむいた。

「奥さま、お気になさらずに……！」

ルネがそうフォローをしてくれるが、なにも返せない。

「旦那さまは……その、過去のことを、あまり人に話したがらないので」

彼女はそう言ってくれる。普段なら、それをフォローだと素直に受け取れていたはずだ。

だけど、今はそうは思えない。
（ジュードさまにとって、私はなに？）
疑問が膨れ上がり、どんどん思考が落ち込んでいく。
（……やっぱり、好きなのは私だけなのかもしれない）
今、すっと胸の中に降りてきた気持ち。
――ジュードが好き。
芽生えていた気持ちはすっかり大きくなって、ジュードのことが好きでたまらない。
今さら、実感してしまった。
そんなことを考えていると、不意に後ろから「セレニア？」と名前を呼ばれる。
声のほうに視線を移すと、そこには仕事着に身を包んだジュードがいた。
彼はセレニアとセザールを交互に見つめ、肩をすくめる。
「……こんなところで立ち話もなんですし、食事でもしながら話しましょうか」
ジュードが口を開いた。
セレニアは、こくんと首を縦に振って、歩き出す。
後ろをちらりと一瞥《いちべつ》すると、セザールがついてきていた。
彼はセレニアと目が合うと、にっこりと笑いかけてくる。
その笑みにはなにか含みがあるようで、セレニアはそっと視線を逸らす。
……やっぱり、彼のことは苦手だ。

食堂に辿りつくとセザールは遠慮なく客人の席に腰を下ろした。

彼は今まで何度もここで食事をしているらしく、料理人とも親しげに会話をしている。

その様子をぼんやりと見つめていると、ジュードが着替えを終えて食堂にやってきた。

それに合わせて、メイドたちが食事を運んでくる。

「本日のメニューは……」

料理長が淡々と説明をする。けれど、セレニアの頭にはその説明がまったく入ってこない。

(落ち込んだままじゃダメだって、わかってるのに。これじゃ昔と同じだわ……)

ここに来たばかりの頃は、自分は買われたのだから大人しくしていよう、主張なんてしないでおこう、と思っていた。

今は違う。ジュードの役に立ちたいと思うし、彼と一緒にいたいと思っていた。

自分は変われたと思っていた。けれど、これでは嫁いだ時と変わらない、なにもかも諦めていたころの自分と同じだ。

「お口に合えばよろしいのですが」

料理長が説明をそんな言葉で締めくくったのが聞こえて、セレニアはハッとする。

顔を上げると、ジュードがこちらを見つめていた。

彼はセレニアの顔を見つめて「体調でも悪いのですか?」と尋ねる。

「い、いえ……そういう、わけでは」

慌てて首を横に振った。

「奥さまはお疲れなのでしょう」

セザールが口を挟んできた。

元はといえば、セレニアがこんなにも思い悩んでいるのは彼が原因だというのに。

彼はまるで自分には関係ないとばかりの口調だった。

案外、腹が立つ。

「ジュードはいろいろと規格外だしね。たまには、奥さまもゆっくりしたいんだと思うよ」

ニコニコと笑みを浮かべながらセザールが続ける。

ジュードはそれを聞いて「そうなのですか？」とセレニアに問いかけてきた。

きっと、セザールの言葉が指しているのは夜の営みのことだ。それを理解しても、今は恥ずかしさを感じる余裕すらなかった。

「いえ、そういうわけでは」

確かに毎晩、一度と言わず抱きつぶされていることに対して、思うところはある。

けれど、ジュードはセレニアを愛してくれている。

細かな言葉や行為からも、セレニアを大切にしてくれるのが伝わってくるのだ。

「ジュード、こんなにも素敵な奥さまを娶《めと》ったんだから、大切にしなくちゃダメだよ」

忠告とばかりにそう言って、セザールは一方的に会話を打ち切った。

それから彼は別の話題に切り替えて、ジュードも渋々言葉を発する。

セザールはセレニアにもたびたび水を向けるものの、心ここにあらずセレニアに、まともな返事はできなかった。

ただ「はい」「そうなのですね」と返すのが精一杯だ。

「そうだ、ジュード。頼まれていた資料ができたから、後で執務室に届けに行くよ」

「あぁ、わかりました」

いつしか二人の話題は仕事の内容に移ってしまった。なおさら、セレニアには口が挟めなくなる。

美味《おい》しいはずのスープを口に運んでも、味がしなかった。

（……私、こんなにもジュードさまを好きになってしまったのだわ）

いつの間にこんな感情を抱いてしまったのかは、わからない。

けれど間違いなく、セレニアはジュードのことが好きだ。

毎晩飛ぶほど愛されて、どれほど身体が辛くても、嫌な気持ち一つ抱くことがない。

それはただ、自分が彼を好きだから。

「セレニア」

セレニアがぼんやりしていると、ジュードの顔がすぐ真横にあった。

驚いて飛び上がると、彼は「……疲れているんですか？」と問いかけてくる。

「い、いえ、そういう、わけではなくて……」

こういう時、どういう風に答えればいいのだろうか。

戸惑っていると、彼はセザールに視線を向けた。

「セザール、悪いんですが今日は帰ってもらっていいですか？」

ジュードがさも当然のようにそう言った。

「セレニアの調子があまりよくなさそうなので。俺はセレニアに付き添います」

真剣な表情でジュードが続ける。

仕事の迷惑になってしまう。それは嫌だ。

だから、断ろうとしたのに。

「わかったよ」

セザールが了承するものだから、セレニアは断れなくなる。

「奥さまは細くて儚げだから心配だ。あまり、溜め込んではダメだよ」

一体、誰のせいでこんなにも思い悩む羽目になったと思っているのだろうか。

セレニアが苦々しく思っていると、突然身体が宙に浮いた。

ジュードがセレニアを抱きかかえたのだ。しかも、横抱きに。

「あ、あの」

戸惑うセレニアをよそに、ジュードは「少し、ゆっくり話をしましょう」と言ってすたすたと歩き出す。

そんな彼をセザールもルネも止めない。

ただ「いってらっしゃいませ」とばかりにルネは頭を下げ、セザールは手を振るだけだ。

……こうなったのは、セザールのせいなのに。

セレニアは心の中だけで文句を言った。

夫婦の私室に辿りつくと、ジュードはセレニアの身体をソファーに座らせ、自身も隣に腰掛けた。

「なにかあったんですか、セレニア？」

彼が問いかけてくる。

「いえ、大したことでは……」

その問いかけに首を横に振りながら返すと、ジュードが顔を覗き込んでくる。

「嘘ですよね」

……見透かされている。

「隠し事はしないでほしい。俺たちは、夫婦でしょう？」

それは、セレニアが言いたかったことだ。

しかし、そんなことは伝えることもできず、セレニアはうつむく。

彼はそんなセレニアをどう思ったのだろうか。おもむろにセレニアの両頬を両手で挟み込み、触れるだけの口づけを落としてきた。

「んっ、んぅ……！」

舌先で上唇をつつかれて、ゆっくりと唇を開く。

ジュードの舌がセレニアの柔らかい口腔に入り込み、暴れまわる。

逃げようと舌を動かすものの、あっさりと搦《から》め捕られてしまった。

そのままジュードはセレニアの口内に唾液を注ぎ込む。

……窒息してしまいそうだった。

「ぁ、あっ」

さらに彼の手が移動して、セレニアの細い腰に添えられる。

抱き寄せられ、もう片方の手が後頭部に回された。

逃げるのは許さないとばかりの、力強い行為。

セレニアの身体はぶるりと震えてしまう。

だが、彼はそんなセレニアを労わるそぶりを見せない。

(……苦しい)

ジュードの胸を強く叩くと、彼はようやく解放してくれた。

ほっと息を吐いて、セレニアは呼吸を整える。

「俺は……」

彼がゆっくりと口を開く。

「俺はセレニアがなにも話してくれないのが、辛い」

ジュードはそう続けながら、セレニアの唇を指でなぞる。

それも、こちらのセリフだ。

セレニアは目に涙を浮かべた。

「口づけは、嫌でしたか?」

斜め上の問いかけだった。

どう答えるのが正解なのかわからず、セレニアはおずおずと口を開く。

「……私も、ジュードさまがなにもお話ししてくださらないのが……辛い、です」

口に出して、自分でも驚いてしまった。

けれど、一度決壊してしまうと止めどなく気持ちが溢れていく。

セレニアの唇は、気づけば素直な気持ちを口にしていた。

「セザールさまにお聞きしました。……ジュードさまは、孤児だったと」

「……それは」

「私は、そのことを知りませんでした。もっと早く聞きたかった。知りたかった。……ジュードさまに、教えていただきたかった」

はらはらと目から涙がこぼれていく。

それを指で拭っていると、ジュードが申し訳なさそうに目を伏せた。

「すみません」

違う。謝ってほしいわけじゃない。

首をぶんぶんと横に振ると、彼は言葉を探すように視線をさまよわせた。

「……隠す、つもりはなかったんです。でも……」

彼が言葉を探している。それが、よく伝わってくる。

「セレニアが、俺のことを嫌いになってしまうんじゃないかと……怖かったんです」

「……そんなの」

「あなたが俺のそばからいなくなるんじゃないか。……そう考えたら、言えませんでした」

今度は彼が首を横に振りながら言う。

セレニアに、ジュードのそばを離れるつもりなどない。そもそも実家に帰れなどしないし、まして一人で生きていく術もないのだ。

でも、それ以上に。

(私が、ジュードさまのおそばにいたい)

この優しい人を支えたい。

その気持ちに偽りなんてない。

そう伝えたくて、そっと彼の背中に腕を回した。

「セレニア?」

ジュードが上擦った声をあげる。

セレニアは彼に言い聞かせるように言葉を紡いだ。

「……私は、いなくなりません」

はっきりと言葉を口にする。

同時に、自分にも言い聞かせるように。

「私は、ジュードさまをお支えしたいのです。だって、私はあなたの妻ですから」

彼をぎゅっと抱きしめる。

「……すみません」

ジュードが再び謝罪の言葉を述べる。

けれど、その表情には先ほどのような悲愴感は見えなかった。

「貴族は孤児を嫌います。真実を知ったらもしかしたらセレニアも……と、思ってしまって」

「そんなこと……」

確かに、アビゲイルならそうだっただろう。

でも、少なくともセレニアは違う。

捨て犬や猫すら拾って家族のように育ててきたセレニアだ。

生まれや立場だけで人を嫌い、蔑《さげす》むなんてことはしたくない。

ましてすでにその人となりを知ったジュードのことを嫌うなんて、そんなことあるわけもない。

「セレニア……俺が富を築いたのは、あなたのためです」

彼は突然、真剣な顔をして告げた。

その言葉にセレニアは戸惑う。

(一体、どういうことなの?)

疑問を口にしようとした瞬間、唇に触れるだけの口づけを落とされた。

驚いて視線を向けると、ジュードは先ほどとは違って意地の悪そうな表情を浮かべていた。

「……今はまだ、秘密にさせてください」

ジュードはそう言うとセレニアの身体を抱きしめ返してくる。

舌先がセレニアの唇を撫《な》でた。

それだけで、身体の奥がゾクゾクと疼《うず》く。

セレニアがそっと目を閉じると、唇が重なった。今度は深く深く口づけられる。

「ぁ、んっ、んぅ……！」

ジュードの舌が、セレニアの口蓋を責め立ててくる。

口内を堪能するように舐め上げられて、背筋が震えた。

頬の内側を撫《な》でられ、舌先を搦《から》め捕られると、身体から力が抜けていってしまう。

彼の胸にもたれかかると、ようやく唇が解放された。

「可愛い」

とろんとした目のセレニアを、ジュードがソファーに押し倒す。

とっさに身をよじろうとするものの、ジュードの力には敵わない。

彼の手がセレニアの胸に触れた。ぞくりと背筋が震えて、セレニアはやんわり制止しようと彼の手を掴んだ。

「まだ……お昼です」

けれどジュードは聞く耳を持たず、「ダメです」と言ってセレニアの柔らかな乳房を強く揉みしだいてくる。

かすかな痛みを感じたが、それさえも快感に繋がってしまう。

「せ、せめて、湯浴みを」

「それも、ダメです」

今の自分は汗くさいだろう。

それなのに、セレニアのささやかな願いすらも拒否されてしまった。

彼の目は、明らかに欲情している。

捕食者の目だ。

わずかに怯《おび》えて震えるセレニアに覆いかぶさりながら、彼はその手をワンピースの中に差し込み、器用にも胸に当てている下着をずらしてしまう。

そのまま素肌に手を這《は》わせ、主張をはじめた胸の頂をつまんだ。

「……おや。もう反応していますね」

優しく指摘されて、頬が熱くなる。

ジュードによって散々暴かれた身体は、ほんの少しの快楽でも感じるようになってしまった。

彼の愛撫《あいぶ》に乱されるのは心地よく、いつだってセレニアは彼に抗わない。

でも、さすがに今は嫌だ。

(こんなに明るいうちからなんて……!)

思いとは裏腹に、身体は素直に昂《たかぶ》りはじめていた。

ジュードの手の感覚にぶるりと身を震わせると、彼はそれを感じていると受け取ったのだろう。

口元をゆがめながら「セレニア」と名前を呼んでくる。

「……今日は、ひどくしちゃいそうですね」

ボソッと呟かれた言葉に、背筋が寒くなる。

気づかないうちにジュードの地雷を踏んでしまったのだろうか。

「も、もうしわけ……」

とっさに謝罪をしようとする。だが、きゅっと乳首を強くつまれて阻《はば》まれてしまった。

「ぁっ！　だ、だめ、だめです……！」

必死に首を横に振る。

そうしている間も彼の指はセレニアの敏感な尖りを押しつぶしたり、爪の先でカリカリとひっかいたりと楽しむように弄《いじ》りまわしてくる。

「なにがダメなんですか？」

気持ちよくてたまらなくて、言葉が出ない。

口を開いても、艶《なま》めかしい吐息がこぼれるだけだ。

「こんなに反応しているのになにがダメなんです、ねえセレニア？」

もう一度問いかけられて、セレニアは答えに困る。

（ダメじゃない……。でも、苦しいの……）

強引な彼は嫌いじゃない。

けれど、セレニアが本当に嫌なことはしないでいてくれた。

気づけば涙がこぼれていた。ジュードが舌で目元を舐める。

涙を舐めとられたのだと気がついたのは、少し後。

「セレニア」

ゆっくりと名前を呼ばれて、身体を抱き起こされる。

一体、なにをするのだろうか？

不思議に思うセレニアをよそに、ジュードは「脱がせますよ」と言ってワンピースに手をかけた。

「だ、だめ、ダメです……！」

素直に脱がされるわけにはいかない。

抵抗するもののジュードに敵うはずはなく、片手で両手首を掴まれて自由を奪われる。

ジュードはもう片方の手でワンピースを胸元までまくり上げ、ぷっくりとした乳首に唇を近づけた。

（あぁっ！）

……舐められる。

無意識のうちに期待してしまった。それなのに、ジュードはそこに息を吹きかけるだけだった。

半端に煽《あお》られて、身体が疼《うず》いていく。

じくじくとした感覚が下腹部を襲って、ぴんと主張する乳首にまた触れてほしいと願ってしまう。

「……んっ」

気づけば両脚をすり合わせてしまっていた。ジュードがくすくすと笑う。

「はい、脱ぎましょうね」

彼がセレニアの耳元で囁《ささや》く。

「――っ！」

その囁《ささや》きは、まるでセレニアの心にある壁を消し去るかのようだった。

セレニアが抵抗をゆるめると、彼の手がワンピースを脱がせにかかる。

「……セレニア」

甘ったるい声で名前を呼ばれ、身体の奥がきゅんとした。

そんなことを知ってか知らずか、ジュードはセレニアの身体をもう一度ソファーに押し倒すと、ズレた下着も取り払ってしまう。

「たくさん、気持ちよくしてあげますね」

ジュードは唇をセレニアの乳首に近づける。そして――ぺろりと舌先で舐めた。

たったそれだけなのに、セレニアの身体に堪えがたい快感が走った。

身を震わせるセレニアの姿を楽しむように、ジュードの口が乳首を柔らかく食《は》む。そのままちろちろと舐められて、セレニアの口から漏れる息が荒くなっていく。

「セレニア」

「あ、あっ」

もう片方の乳首を指で弄《いじ》りながら、ジュードは一度口を離す。

「セザールとは、話をしただけですか？」

彼が突然、そんなことを問いかけてきた。

セレニアは目を丸くする。

（もしかしてジュードさま……嫉妬、しているの？）

先ほどの「ひどくしちゃいそう」というのは、それが理由なのだろうか。

そう思うとほっとする反面、彼と仲良くしていたわけではないと言いたくなってしまう。

「そ、そんな、深いことはっ……！」

「嘘、仲良さそうでしたよね」

乳輪をクルクルとなぞられたかと思うと頂を強くつねられる。

びくびくと震えるセレニアの首筋に、ジュードが舌を這《は》わせた。

ねっとりと舐め上げられて、ゾクゾクと快感が高められていく。

「や、やめ、やめてぇ……！」

背がのけぞったせいで、ジュードに乳首を押しつけてしまう。

「いけない子ですね。あまり俺を煽《あお》らないでください」

「そ、そんな、つもりじゃっ……！」

ぶんぶんと首を横に振るが、ジュードは手加減してくれない。

首筋に軽く噛みついて、赤い痕《あと》を残していく。ピリッとした痛みすら気持ちがよくて、それが恐ろしくて、涙が溢れた。

「そろそろ、下も触ってほしくなりませんか？」

セレニアの耳の孔に舌を差し込みながらジュードが問いかける。

彼の言う通り、セレニアの下腹部は触ってほしいと疼《うず》き、すでにぐっしょりと濡れているのだろう。けれどそんなこと、口にできるわけがない。

「そ、そんなの……！」

ジュードの衣服を掴んでセレニアが懇願《こんがん》を伝えようとする。

「じゃあ、触らないでおきましょうか」

けれど告げられたのはそんな残酷な言葉だった。

「俺は別にいいですよ。セレニアの可愛い胸をずーっと虐めてあげるだけなので」

それは絶対に、嫌だ。

耳の孔に舌を差し込まれて、舐められる。ねっとりとした水音が至近距離で響いて、身体の奥がぐつぐつと煮えたぎってくる。

脚をすり合わせようとしても、ジュードが脚の間に身体を割り込ませてきたせいでそれすら叶わない。

もはや彼に懇願《こんがん》するしか、この疼《うず》きを解消する方法はないのだ。

（いやぁっ！　もう、無理……むり……）

秘所はもうぐしょぐしょになっている。下着は意味をなしていないはずだ。

それでもまだ、セレニアは首を横に振ろうとした。しかし、ジュードの手が後頭部を掴んで固定する。首を振ることさえ、許されない。

「あぁあっ、や、やだ、もうやだぁっ……！」

耳たぶを甘く噛まれて、セレニアは目に涙を浮かべながらもう嫌だと泣き叫ぶ。

散々弄《いじ》られた乳首はじくじくと痛み、下腹部は触れてほしくてたまらない。

耳を責められると余計に辛くなる。

もう、ダメ……

「セレニア」

彼の声はひどく優しい。

そのせいで身体が余計に昂《たかぶ》ってしまって——セレニアはついに、口を開いた。

「さ、さわって……」

「どこをですか？」

「し、したを、触ってください……！」

震える手でジュードの手首を掴み、彼を真っ直ぐに見つめる。

彼の目は完全に欲情して、今にもセレニアを食らい尽くそうとしているかのようだった。

その目に吸い込まれるように、彼を見つめ続ける。

彼の手がセレニアの秘所を、下着越しにするりと撫《な》でた。

「もう、大洪水ですね」

耳元で甘く囁《ささや》かれて、顔が熱くなる。けれど、どれだけ否定したくともそれは真実なのだ。

溢れ出す蜜が止まらない。身体はさらなる快楽を求めて疼《うず》いていて……

セレニアもまた瞳に欲情を宿しながら、ジュードのことを見つめた。

彼が息を呑む。

ジュードの指が下着の中に潜り込み、ぐっしょりと濡れそぼった蜜口を撫《な》でた。

数回、くるくると円を描くようになぞられた後、蜜口に指がぐっと押しつけられる。

隘路に侵入した指は、浅い部分を何度かこすり……一気に根元まで入り込んだ。

「ぁ、あっ！」

膣内を犯す指をぎゅうぎゅうに締めつけながら、セレニアはジュードの衣服に縋《すが》りついた。

そんなセレニアの姿にさらに欲情したのか、ジュードは指を曲げて、セレニアの弱点を的確に撫《な》で上げてくる。

「じゅーど、さまぁ……」

縋《すが》るように彼の名前を呼んで、彼の首に必死にしがみつく。

彼の身体が震えた気がした。なんだかそれが面白くて、セレニアは彼の頭を引き寄せる。

「可愛いことをしてくれますね、セレニア。……そういう強引なことをされると、俺もちょっと意地悪したくなります」

ジュードは悪戯《いたずら》っぽい声音でそう言うと、セレニアのナカから指を引き抜いた。

突然なくなった質感にセレニアが戸惑っていると、ジュードはセレニアの下着をはぎとってしまう。

秘所が外気に晒《さら》され、心もとない。

ほうっと息を吐くと、ジュードは花芯に指を押しつけてきた。

くちゅくちゅと水音を響かせるようにこすられて、指の腹でトントンと叩かれ、あっという間に高みへ導かれる。

どうしようもないほど気持ちよくて、あっさり達してしまいそうだ。

……なのに、達することは、できなかった。

「ぁ、どうして……？」

もうすぐという時、寸前でジュードは動きを止めてしまう。

もの欲しそうな声をあげるセレニアに、彼は「お返しです」と言って腕の中から抜けだした。

彼の手がセレニアの内ももを掴み、強引に脚を開かせる。

さらに、秘所に顔を近づけ――舌先で、セレニアの秘所をぺろりと舐めた。

「っぁあ!?」

セレニアはびくりと身体を震わせる。

熱い舌の感触が気持ちよすぎて、恐ろしい。

このままでは最も敏感なところまで舐められてしまう。

腰を引こうとしてもジュードの大きな手にしっかり掴まれて、逃げられない。

「セレニアは、ここが気持ちいいんですよね」

花芯を舌先でつつかれて、セレニアの身体に快楽が走る。

ダメだ。そこを舐められてしまったら……きっと、自分を保つことができない。

「いや、だめ……」

なんとかジュードにやめてもらおうと懇願《こんがん》するものの、彼は「良い子にしててくださいね」と言って花芯を口に含む。

「ぁあっ！」

そのまま唇で食《は》まれると、ひときわ大きな嬌声《きょうせい》がこぼれた。

湯浴みもしていないのに。そんな汚いところ……

言いたいことはたくさんあるのに、すべて嬌声《きょうせい》に変わってしまう。

びりびりとしびれるような感覚が身体中を駆けまわる。

「いやっ……！　いっちゃ、いっちゃう……！」

花芯をくちゅくちゅと舐《ねぶ》られて、涙がぼろぼろとこぼれた。強すぎる刺激が辛くて首を振っても、ジュードは「いいですよ」と言うだけで止まってくれる気配はない。

彼の舌はセレニアの身体を絶頂させようと、容赦《ようしゃ》なく責め立ててくる。

「あぁあっ――――！」

ついに達してしまい、四肢を投げ出した。身体が震える。

口からは呑み込めなかった唾液がこぼれ落ちた。

「セレニア。……とても、淫らですね」

「いわ、ないで……！」

ジュードの呟きに、セレニアは懇願《こんがん》するように叫んだ。

けれど彼はそんなセレニアの意見に聞く耳を持たない。ただ自身のベルトを外し、衣服と下着を脱ぎ捨てる。

「……ぁ」

気がつけば、セレニアの蜜口にジュードのモノが押しつけられていた。

……挿れられる。

そう思った瞬間、熱い楔《くさび》が強引に入り込んできた。

「ぁ、あっ！」

一気に奥まで押し込まれ、背がのけぞる。ジュードも感じたらしく「くっ……」と声を漏らしていた。

「あぁ、セレニア。俺を奥まで呑みこんで、気持ちいいんですね」

セレニアは答えられなかった。

まだ挿れられただけ。それなのに、達してしまったから。

（やだぁっ……！）

これ以上感じたくないのに、気持ちよくてたまらない。

ぽろぽろと涙をこぼしながらセレニアが喘《あえ》いでいると、ジュードが腰を引いた。けれどすぐに、また最奥まで一気に押し込む。

「あぁっ……！」

「セレニア、もうずっとイキっぱなしですか？」

いやらしいことを聞かれているのに、セレニアは素直に首を縦に振った。

もう、先ほどからずっと達している。

今のセレニアにはもうひたすらに喘《あえ》ぎ、蜜壺をぎゅっと締めつけることしかできない。

頭がふわふわして、今が夢なのか現実なのかわからない。

「や、だ、やだぁっ……！」

もういい加減、現実に戻りたい。

それなのにジュードに最奥を抉《えぐ》られて、高みへ登らされてしまう。

（こわいの、こわいの……！）

このままだと自分が自分ではなくなってしまう……

恐怖が胸の中を支配する。

もう今が昼間だとか、湯浴みをしていないとか、そんなことを恥じる余裕すらなかった。

ただ喘《あえ》ぎ、動きを止めてほしいと懇願《こんがん》することしかできない。

涙が溢れて、目元を手で覆う。涙は止まらない。

「セレニア、可愛い……！」

うっとりとした声が降ってくる。その声にさえ反応して、蜜壺がぎゅうっと締まった。

その動きに促されたように、最奥に熱いモノが放たれる。

ジュードが達したのだと、少し遅れて理解した。

（これで、おわる……）

ようやく終わった……なんて、甘い期待をしてしまう。

だがジュードが硬さを失うことはなかった。

全身に力の入らないセレニアを組み敷き、再び犯しはじめる。

いつもいつも、彼はセレニアの意識が飛ぶまで愛してくる。わかってはいたけれど、今回くらいは一度きりで……と期待してしまっていた。

しかし、無駄だった。

完全に硬さを取り戻した熱杭が、またセレニアを堪能するように暴れまわる。

「い、いや、そこ、だめっ……！」

高みに登らされたまま、下りてくることができない。許されない。

このままでは、本当におかしくなってしまう——

絶頂しっぱなしの身体はがくがくと震えている。

わかっているはずなのに……ジュードは、やめてくれない。

「もう、ほかの男と仲良く話したりしませんか？」

優しく言い聞かせるように問いかけられ、セレニアはぶんぶんと首を縦に振った。

セレニアからしたら、セザールと仲良く話した覚えなどないのに。

しかし、口答えはできない。

というよりも、まともに言葉を紡ぐ余裕などあるはずがなかった。

「もう、しません……からぁ……！」

先ほどから喘《あえ》いでばかりの口で必死に答える。

ジュードは「良い子ですね」とセレニアの頭を撫《な》でて、より一層強く最奥を穿《うが》った。

それから、また彼は自身の欲をセレニアの奥の奥に注いだ。

「ひぅ……っ」

どくどくと注がれる感覚に、セレニアの意識が集中する。

ようやくジュードがセレニアのナカから楔《くさび》を引き抜いた。まだ少し硬さが残っているものの、どうやらセレニアを解放してくれるらしい。

「セレニア、良い子」

彼はセレニアの前髪をかき上げ、額に口づけを落としてくる。

こそばゆくて、セレニアはそっと身をよじった。

「じゅーど、さま……」

彼の名前を口にすると、「どうしました？」と返事をしてくれた。

その目には、先ほどまでの怒りも情欲もない。

セレニアはほっと息をつきながら、彼の袖を握りしめる。

「抱きしめて、ください」

どうしてこんなことをお願いしたのかわからない。

もしかしたら——ジュードが嫉妬してくれたことが、嬉しかったのかもしれない。

自分だけが彼に惹かれているのではないか、そう不安になっていた。

だが、嫉妬してくれているということは少なくとも、セレニアを独占したいと思ってくれているのだろう。そう思うと、嬉しかった。

「セレニア。……可愛いですね」

ジュードは小さく呟くと、素早く衣服を身にまとい、セレニアを抱きしめてくれた。

布越しに伝わる体温が心地よくて、セレニアはそっと彼の胸に頬を寄せる。

「ジュードさま」

もう一度彼の名前を呼ぶ。

「そんなに俺の名を呼んで、どうしたのですか？」

彼が怪訝《けげん》そうに問いかけた。

「……好き、です」

「セレニア？」

「私……ジュードさまのことが好き、なんです」

その優しいところも、嫉妬深いところも。彼の魅力なのだ。

セレニアが目元を真っ赤にしながら告げると、ジュードは「嬉しいです」と呟いた。

「俺も、セレニアのことが好きです。……嫉妬して、本当は誰の目にも触れさせたくないくらい、あなたのことが好きなんです」

告げられた言葉に、セレニアの心がぽかぽかと温かくなる。

そのまま強い眠気に襲われて、そっと瞼《まぶた》を閉じた。

「……セレニア、俺の唯一の人」

眠りに落ちる前、耳に届いた言葉。

だが、理解するよりも先にセレニアは睡魔に身を委《ゆだ》ねてしまった。
(ジュードさま……大好き)
そう思う気持ちは、間違いなく本物なのだろう。

第四章　波乱の訪れ

それからまたしばしの月日が流れ、セレニアがジュードと結婚してから早くも五カ月が経っていた。

この頃にはセレニアもジュードに遠慮することが減り、ゆっくりではあるが自分の意見をはっきりと口にすることができるようにもなった。

そんな頃、ジュードはセレニアにとある提案をしてきたのだ。

「社交、ですか？」

目を真ん丸にして、セレニアは聞き返した。

彼は大きくうなずいた。

「セレニアは今まで社交の場にあまり出てこなかったのですよね。そろそろ、出てみるのも良い頃合いではないかと」

ジュードと結婚してからのセレニアは、屋敷の敷地からほとんど出ていない。

それというのも、毎晩ジュードに抱きつぶされているせいだ。

午前中はのんびり過ごし、午後からは屋敷のことをまとめたり、使用人たちと交流をしたり……

最近では勉学のために本を読むことも増えた。

それもこれも、ジュードの役に立ちたいからだ。

「もちろん無理強いするつもりはないのですが、結婚したというのに二人そろっているところあまり見せずにいると、不仲説が囁《ささや》かれてしまうな、と」

ジュードが肩をすくめる。

確かにそれは一理ある。妻帯者であれば社交の場に参加する時に妻を連れているのが貴族の常識である以上、夫だけでの参加となると人々はなにかと勘繰るものだ。

特に他人の粗探しは貴族の娯楽。一度噂が広がれば、どれだけでも尾ひれがつくだろう。

「まぁ、もうすでに一部では囁《ささや》かれてはいるんですけどね。成金男爵が侯爵家の令嬢を金で買った、なんて話は結婚が決まった頃からずっと言われているわけですし」

そう言うものの、ジュードの態度に悲愴感は見えない。

不思議に思っていると、彼は長い脚を組み直した。

「別に、そのことに対して思うところはないですよ。だって、それ自体は真実ですし」

彼はあっけらかんとそう言って笑った。

噂自体がどうでもいいとでも言いたげな様子だった。

「ですが……」

セレニアは、彼に買われたとは思っていない。

確かに、嫁いですぐの頃はそう思っていた。しかし、今のセレニアは心の底からジュードのことを愛しているし、ジュードもまたセレニアを大切にしてくれているのを知っている。

その噂が不服なのはセレニアのほうだった。

「俺は金を使ってライアンズ侯爵家からセレニアを買った。……それは、真実ですよ」

ジュードはセレニアの言葉を遮《さえぎ》るように言うと、いきなり立ち上がる。

そして「社交の話、考えておいてくださいね」とだけ残して夫婦の寝室を出ていこうと扉に向かった。どうやら仕事に戻るらしい。

「あ、あの！」

彼の後ろ姿に、セレニアは慌てて声をかける。

ジュードが振り返り、セレニアを見据えた。

セレニアはうつむきながら、言葉を探す。

「そ、その……わたし、幸せ、ですから」

どうしてだろうか。それを伝えるのが、なんだか無性に恥ずかしい。

「私、ジュードさまのもとに嫁ぐことができて、幸せです。……どうか、そんなことおっしゃらないで」

手をぎゅっと握りしめて、自分の気持ちを口にした。

黙って聞いていたジュードは、ふんわりと笑う。

かと思えば真剣な面持ちになり「俺以外の前で、そんな顔をするのはダメですよ」とたしなめた。

「そういう顔をしているセレニアはすごく可愛いですから、どんな人でも惹かれてしまう。俺以外にそんな顔を見せるのはダメです」

まるで幼子に言い聞かせるような言葉。彼はセレニアの前髪をかき上げて、額に口づけをする。

唇の触れ感触が心地よくて、そっと目を瞑《つむ》った。

「わたし……ジュードさまのお役に、立ちたいです」

それから、意を決して口を開いた。

「セレニアは、今でも充分役に立ってくれていますよ。孤児院に寄贈する本のことも手伝ってくれていますし……」

二カ月前。図書室で見つけた文字の本は、ジュードが幼い頃を過ごした孤児院へ寄贈するために作ったものだと教わった。

お金だとどうしても当座の生活用品に消えてしまい、教育まで手が回らないのだという。

『それに、お金だと遠慮されてしまうんです。だから、俺は心づけ程度の金額と現物を贈るようにしているんですよ』

そう言っていたが、ジュード自身も仕事で多忙の身であるため、時間のかかる制作作業はどうしても後まわしになってしまうそうだ。

それを聞いたセレニアは、自分が続きを作りたいと願い出た。

『私にやらせてもらえませんか？』

覚悟を決めたセレニアの申し出を、ジュードは了承してくれた。

セレニアが最近勉学に励《はげ》んでいるのは、そのためでもある。

子供たちにわかりやすい教本を作るには、まず自分がしっかり理解しなければならないからだ。

「私が好きでしていることですから。それ以外にも、ジュードさまの負担を減らしたいのです」

「セレニア……」

「だから私……社交に出ます。いつまでも屋敷にこもってはいられないですし、噂はしょせん噂だって、知らしめないと」

決意を新たにそう告げると、ジュードは「そうですか」とどこか切なそうに呟いた。

なぜだか、セレニアの胸がぎゅっと締めつけられる。

「その気持ちは、すごく嬉しいです。ですがセレニア」

「はい」

「どうか、無茶だけはしないでください。……あなたは、俺にとって唯一の女性なのですから」

いつも、気になっていた。

彼はセレニアを『唯一の女性』だと言う。その真意を、セレニアはまだよくわからないでいた。

不思議に思っていると、いつの間にかジュードはいつも通りの笑顔に戻っていた。

「さて、俺は仕事に戻りますね。夕食まで自由にしていてください」

「……はい」

「ああ、一つわがままを言っていいなら、セレニアからの口づけが欲しいです」

そっとセレニアの耳元に唇を寄せて、ジュードが囁《ささや》いた。

セレニアは顔を真っ赤にしながら、ジュードの頬に手を当てた。

ジュードは軽く身を屈め、セレニアはほんの少し背伸びをして、触れるだけの口づけをする。

「本当にあなたは、ずっと可愛らしいですね。……では、また後で」

お返しとばかりにセレニアに口づけて、ジュードは場を立ち去った。

その後ろ姿を見て、セレニアは幸せを噛みしめる。

いつまでもこの幸せが続けばいいと、願った。


その日、セレニアは朝から忙しくしていた。

とはいっても、セレニア自身がそこら中を動きまわっているわけではない。

侍女たちがセレニアの周囲を動きまわり、セレニアを着飾っているのだ。

朝から湯浴みにマッサージ、さらには着替えに化粧に髪の毛のセット……などなど、やることは山積みだ。

「……はぁ」

「奥さま、お疲れですか？」

ついついため息をついてしまったセレニアを労わるように、ルネが声をかけてくれる。セレニアは、ぎこちなく笑って首を横に振った。

「くれぐれも、ご無理はなさらないでくださいませ」

「でも、あと少し……なのよね？」

恐る恐る尋ねると、ルネは微笑みながらうなずいた。

セレニアの装いは、淡い桃色の可愛らしいドレスだ。

金色の美しい髪は結い上げられて、大ぶりの宝石がついた髪留めで飾られている。

化粧は派手すぎず、セレニア自身のよさを存分に引き出すようなナチュラルなものだ。

「今日は、伯爵家でのパーティー、なのよね」

震える声でルネに問いかける。

社交の場に出てみないか、とジュードに勧められ、セレニアが了承してから数日。

ようやくセレニアが、初めてジュードと共に社交に出る日が訪れたのだ。

向かうのは由緒ある伯爵家だ。聞けば、メイウェザー商会のお得意さまらしい。

その縁でパーティーに誘われたのだという。

ジュード自身、本心ではセレニアをあまり外には出したがっていなかった。

だが、いつまでもこのままではいけないということは先日話したばかりだ。だから良い機会だと、セレニアはこのパーティーに出向くことにしたのだ。

「私、きちんとジュードさまのお役に立てるかしら」

ボソッとこぼすセレニアに、ルネは「大丈夫ですよ」と笑いかけてくれた。

「旦那さまは奥さまがおそばにいるだけでいいのだと、常々おっしゃっているではありませんか」

ルネの言葉は正しい。けれど、やはりどうしても思うことはある。

お飾りの妻なら、人形にだって務まるだろう。

けれどセレニアは人形ではない。もう黙って事が終わるのを待つだけではいたくないのだ。

メイウェザー男爵の夫人として、自分にできることを積極的にすべきではないだろうか。

（貴族の妻にとって、夫が仕事をしやすいように人間関係を広げることは大切な仕事の一つだわ）

しかし、セレニアはそういった人付き合いがあまり得意ではない。

ジュードに嫁ぐ前、わずかながら社交界に顔を出していた時期がセレニアにもある。

けれど近づいてくる男性たちは皆アビゲイルが目当てだったし、同性からはアビゲイルの妹というだけで遠巻きにされてきた。

そんな日々に嫌気が差し、いつの間にか足が遠のいてしまったのだ。

（あぁ、ダメよ、ダメ。……今の私はライアンズ侯爵家の次女ではないの。メイウェザー男爵夫人なのよ）

自分にそう言い聞かせていると、ルネが「できましたよ」と声をかけてきた。

セレニアは立ち上がり、姿見に近づいた。

ドレスの裾《すそ》がふんわりと広がって、セレニアの細い腰を際立たせている。袖口も大きく膨らみ、鈴蘭の花を思わせる可憐なシルエットに仕上がっていた。

胸元に輝くのは、大きな宝石が埋め込まれたペンダントだ。

（今なら……お姉さまより、綺麗かしら）

自惚れかもしれない。でも、そう思ってしまうほど今の自分は美しく着飾られている。

もはや芸術品のような美しさを放つセレニアに、侍女たちが感嘆のため息をこぼした。

「奥さま、なんてお美しい」

「えぇ、どこかのお姫さまかと見紛うほどですわ！」

侍女たちが口々に褒めたたえる。もちろん、それも嬉しい。

けれど、一番褒めてほしいのは……

「ジュードさまのご準備は、もう整ったの？」

ルネに問いかけると、彼女はうなずいた。

「はい。今は書斎でなにやら調べ物をなさっていますわ」

こんな時まで仕事に励《はげ》んでいるとは……彼が過労で倒れてしまわないか心配になってしまう。

「お支度も整いましたし、旦那さまをお呼びしましょうか」

「ええ、お願い」

セレニアは首を縦に振る。

ルネに指示されて、カーラが部屋を出ていった。彼女を見送り、セレニアは目を伏せる。

着飾ったセレニアを見て、ジュードはどんな反応をするだろうか。

ジュードのことだ、バカにするようなことは決してない。

ただ……

（いつものことだけど、腰が痛いわ……）

重いドレスを着て、きちんと歩けるだろうか。

そんなセレニアを気遣って、ルネが「少し休憩をいたしましょう」と勧めてくれた。

セレニアがうなずくと、ルーシーがテーブルの上にお茶とお茶菓子を置いてくれる。

「……ありがとう」

朝から揉みくちゃにされて、すでにくたくたの身体には、こういう心遣いが嬉しくてたまらない。

セレニアはソファーに腰掛けて、お茶を口に運んだ。

ほんのりと甘い風味が心を落ち着かせてくれる。

「お姉さまは今頃、どうしているかしら」

社交の場に顔を出すとなると、アビゲイルと鉢合わせする可能性もある。

結婚前にジュードが贈ってくれた数多くのドレスやアクセサリーはアビゲイルが持っていってしまった。当時はそれをなんとも思わなかったが、今なら断固として拒否するだろう。

大好きな人からの贈り物を粗末に扱ってしまったことを、今さらながらに後悔した。

そうしていると、ふと部屋の扉がノックされた。外から「セレニア」と声をかけられ、「どうぞ」と返す。

部屋に入ってきたのはジュードだった。

彼はきっちりと衣装を着込んでおり、いかにも貴族の男性という風貌だ。

いつもと違って撫《な》でつけられた髪の毛が、大層色っぽい。

（素敵……）

その姿を見つめていると、無意識のうちに息を呑んでいた。

「い、一緒に、お茶でもいかがですか……？」

誘った声が、少し上擦ってしまう。

「ええ、もちろん」

彼は静かにセレニアの向かいに腰を下ろす。すかさずルーシーがお茶とお茶菓子を用意した。

「ところでセレニア」

お茶を一口飲んでから、ジュードが口を開いた。

改まった雰囲気を不思議に思ってセレニアが小首をかしげると、彼は「疲れていませんか？」と尋ねてきた。

「どうしてですか？」

確かに疲れてはいるが、顔には出さないようにしていたはずだ。

「なんとなく、顔色が悪い気がして」

「いえ、そういうわけでは、ないのです……」

目を逸らしてそう言うと、ジュードは「では、心配事でも？」と続けて問いかける。

今度は図星だった。疲れてはいても、それは大した問題ではない。

セレニアの胸にあるのは、ほのかな不安だ。それを見透かされてしまった。

けれどなんと答えればいいのだろう。正直に答えて、心配させてしまうのは不本意だ。

けれどジュードのことだから、嘘をついてもたやすく見破ってしまうはず。

「……実は」

迷った末に、正直に答えることにした。

セレニアの心配事とは、やはりアビゲイルのことだ。

社交に出て、鉢合わせてしまわないかということである。

あの姉は、セレニアが幸せでいることを許さないだろう。

きっと彼女のことだから、今頃セレニアが嫁入り先で手ひどく扱われていると思っているはずだ。

セレニアの現状を知れば、なにをしてくるかわからない。

(私がひどい目に遭うだけなら構わないわ。……けれど、ジュードさまや使用人たちになにかされたら、許せそうにない)

ジュードは貴族とはいっても成り上がりの身だ。いかに財力があるとはいえ、強い権力を持っているわけではない。

ましてやセレニアの実家のライアンズ侯爵家は、落ちぶれたといっても高位貴族にあたる。

それを本気で怒らせれば、ジュードといえどただでは済まないのではないだろうか。

「ええと……」

ジュードにはそのことを伝えておくべきだ。

そう思うのに、アビゲイルのことを思い出すと、うまく言葉が出なかった。

身体が震えて、頭が痛くなる。

侯爵家で受けたひどい扱いを思い出すたびに、悲しみがセレニアを支配した。

あの頃はそれが当然だと思って、諦めていた。

しかし、幸せを覚えた今、あの場所に戻りたいとは思えない。

アビゲイルの引き立て役として、彼女の機嫌を損ねないように息をひそめて生きるだけの日々。

そんなのは、絶対にごめんだ。

「セレニア、落ち着いて」

セレニアが唇を震わせていると、ジュードが横に移動してくる。そして、そっと抱きしめてくれた。

包み込むようなぬくもりに、震えが落ち着いてくる。

「俺は、なにがあってもあなたを離しません」

「ジュード、さま」

「だからセレニアを苦しめるものがあるのなら、それを取り除きたい。俺はいつも、そう願っています」

真剣な声音で言われて、セレニアの心臓がとくんと音を鳴らした。

(ああ、こんなにも、愛してくださっている)

胸いっぱいに幸せが込み上げてくる。

セレニアはそっと彼の背中に腕を回した。

「ジュードさま。私、怖いのです」

ジュードの胸に顔を埋めながら、セレニアは口を開いた。

「お姉さまと鉢合わせてしまったらと思うと、どうしたらいいかわからなくて」

目を伏せて、ゆっくりと言葉を紡ぐ。

ジュードはただ、「そうでしたか」と静かに答える。

そっけない返事だったが、セレニアにはその言葉の奥に込められた心配がよくわかった。

ジュードの手がセレニアの背中を優しく撫《な》でる。その心地よさに、涙腺がゆるんだ。

「お、お姉さまは、私よりもずっと優秀で、美しくて……」

言葉にすると、アビゲイルと比べられ続けた日々の苦しみが蘇《よみがえ》ってくる。

――あなたのお姉さまはできましたよ。

――あなたはお姉さまよりも格段に劣っていますわ。

――アビゲイルの邪魔にだけは、なってくれるなよ。

浴びせられた、たくさんの心ない言葉。

思い出せば出すほど、胸を抉《えぐ》るような痛みが走る。

「私は、お姉さまの邪魔になるなと、言い聞かせられてきました」

思えば、ジュードにこの話をするのは初めてかもしれない。

そっと表情をうかがうと、彼はなにやら考え込んでいた。それだけなのに、溢れんばかりの魅力を感じる。

(私、本当にジュードさまが好きなのね)

それを実感して、ますますその気持ちを強めてしまう。

ジュードの仕事熱心なところ。優しいところ。……夜になると豹変するところ。

それらすべてが、セレニアの心を掴んで離さない。

セレニアがジュードの胸に頬を寄せていると、彼はセレニアの頬に指を押し当てた。

冷たくて、心地いい。

「俺は、セレニアがあなたの姉上よりも劣っているとは思いません」

「ジュードさま……」

「それにたとえ自分が優れていようと、誰かを傷つける免罪符にはならない」

その言葉は正しい。そう思うけれど、現実は理想通りにはいかない。

「俺は、セレニア以上に魅力的な女性はいないと思っていますよ。……今も、昔も」

ジュードの言葉が胸に沁み込んで、セレニアの心を温かくする。

しかしそれと同時に、ボソッと付け足された最後の言葉に、セレニアは違和感を抱いた。

(今も……昔も?)

ずっと疑問だった。どうして彼は、セレニアを娶《めと》ろうとしたのか。

セレニアはほとんど社交界に顔を出すことはなかったし、侯爵家の中でも、ほとんど隠されるように過ごしてきた存在だ。

彼は一体、どこでセレニアの存在を知ったのだろう。

「さぁ、そろそろ行きましょうか」

セレニアの考えを知ってか知らずか、ジュードが立ち上がる。

ハッとして時計を見ると、もうそろそろ出発したほうがいい時間だ。

慌てて立ち上がり、ドレスのしわを伸ばす。

こんなにも高価なドレスを身にまとうのは結婚式の日以来なので、ちょっぴり緊張してしまった。

(それにしても、腰が……)

不意に腰に鈍い痛みが走って、セレニアは眉間にしわを寄せた。

「大丈夫ですか、セレニア？」

「はい、その少し……腰が」

ほんのり頬を染めて、視線を逸らしながらセレニアは小さく呟く。すると、ジュードは肩をすくめた。

「昨日も、無理させてしまいましたからね」

「……ジュードさま。少しくらい、我慢してください」

セレニアが素直に伝えると、彼はくすくすと笑う。

「無理ですね」

あっさり言ってのけたジュードは、セレニアに身を寄せた。

そのまま膝裏に手を入れて……

「きゃっ！」

「しっかり掴まっていてください」

セレニアを横抱きにして、歩き出す。

「じゅ、ジュードさまぁ！」

「暴れないで」

悲鳴をあげるセレニアを、ジュードが軽くたしなめる。

「セレニアが誘惑するからですよ」

「誘惑した覚えなんて、ありません……！」

首を横に振るが、彼には通じていないようだ。

「俺にとっては、あれでも充分魅力的な誘惑です。可愛い仕草も言動も、全部ね」

「そ、そんなの……！」

「嘘だと思うなら、今から証明しましょうか？」

耳元で囁《ささや》かれて、セレニアは首を横に振った。

そんなのは絶対にダメだ。

今から社交の場に出向くのだから、立てなくなるわけにはいかない。

「こ、これから出かけるの、ですから……」

後半は消え入りそうなほどに小さな声になってしまった。だが、ジュードの耳にはしっかり届いたらしい。

「では、帰ってきてからですね」

さも当然のように彼は微笑む。

……胸によぎる、一抹の不安。

（私、明日も無事よね？）

自分の身が心配になるセレニアだった。

ジュードに横抱きにされたまま、馬車へ運ばれる。

途中使用人たちとすれ違ったものの、彼らはいつものことだと思っているらしく、静かに「いってらっしゃいませ」と口にするだけだ。

慣れというものは恐ろしい。

(使用人からすれば、主夫妻が仲睦まじいことは良いこと……なのかしら)

侯爵家にいた頃、使用人たちがセレニアの両親について「もう少し仲良くしてくだされば」とこぼしているのを何度か耳にしたことがある。

セレニアの両親の仲は、お世辞にもいいとは言えない。

アビゲイルを自慢する際は仲良くしていたし、彼女への教育方針もほとんど一緒だったが、それ以外はあまり会話をしているところを見たことがない。

馬車に乗り込むと、御者のホレスが扉を閉めてくれた。しばらくして、馬車が走り出す。

整備された道をカタカタと走る馬車に揺られていると、ジュードがセレニアの肩を抱き寄せた。

突然のことにびくりとしていると、ジュードが唇を耳元に近づける。

「今日は、いつも以上に魅力的ですよ」

「もう、ジュードさま……」

彼に褒められるのは、嬉しい。でも、同じくらい照れくさい。

視線を逸らすと、彼は少し困ったような笑みを浮かべた。

「そうやって可愛い反応をされると、意地悪したくなります」

肩を抱き寄せていた手を後頭部に回し、そのまま自身の胸にセレニアの顔を押しつける。

驚いてセレニアが顔を上げると、突然唇をふさがれた。

「んんっ⁉」

驚いて唇を開くと、舌を差し込まれる。

口蓋を舌先でちろちろと舐められ、かと思えば舌の付け根を弄《いじ》られる。頬の内側を撫《な》でられ、歯列をなぞられる頃には、すっかり抵抗しようという気力を奪われていた。

（……ぁ、気持ちいぃ）

甘い口づけに、セレニアの脳内がとろけていく。

ジュードはそれが嬉しいのか、セレニアの顔を上向かせ、自身の唾液を注ぎ込んできた。

（……んっ）

セレニアはされるがまま、ごくんとそれを呑んだ。銀の糸を引きながら、唇が離れる。

「じゅ、ジュードさまぁ！」

「すみません。あまりにも可愛かったので、つい」

涙目で抗議の声をあげるセレニアに対し、ジュードは悪びれることなく答えた。とんだ責任転嫁だ。

けれどジュードの指が脇腹を撫《な》でてくるせいで、なにも言えない。

「そうやって目を潤ませて、頬を紅潮させて……。誘っているんですか？」

「そんなわけ、ありません……」

甘く囁《ささや》かれて、セレニアは首をぶんぶんと横に振る。

ここで襲われてしまったら、せっかく時間をかけて準備したものが無駄になってしまう。せっかくルネたちが準備してくれたものを、蔑《ないがし》ろになどできない。

「それは残念」

けれど目の前のジュードの落胆するような声もまた、蔑《ないがし》ろにはできなかった。

セレニアはそっと彼の衣服を掴む。

「セレニア？」

襲われたいわけではない。ここで行為に及びたいわけでもない。

自分自身に言い聞かせながら、セレニアは上目遣いになる。

「口づけ……だけなら」

セレニアの言葉を聞いたジュードが、小さく笑った。

けれど目の奥に宿った情欲に気がついてしまうと、背筋が震える。

「あなたは、まるで小悪魔ですね」

ジュードは呟いて、セレニアの首筋に顔を埋める。

次の瞬間、セレニアの首筋に軽い痛みが走った。……どうやら、噛まれたらしい。

「ジュード、さま？」

「所有の証をつけておかないと、セレニアが攫《さら》われてしまうといけないので」

顔を上げて、彼は言う。

けれどセレニアには、自分が攫《さら》われるとは思えずきょとんと首をかしげた。

「セレニアは、自分が思う以上に魅力的ですよ。俺はそんなあなたがどこかへ行ってしまわないか、いつも不安なのです」

「そんなこと……」

今度はちゅっと首筋に口づけられて、セレニアはどう反応すればいいかわからない。

「もっと印をつけておきたいのですが……時間切れですね」

肩をすくめてジュードが言った。セレニアは窓のほうに視線を移す。

視界に映るのは、立派な邸宅だ。

「あそこがアルフォード伯爵家です」

煌《きら》びやかな外観を見ていると、侯爵家を思い出してしまう。

不安を振り払うように、セレニアはゆっくりと頭を振った。

「到着しましたよ。さあ、行きましょうか」

彼に手を取られて、セレニアはそっとうなずいた。


アルフォード伯爵家は歴史のある貴族だ。

ライアンズ侯爵家のように落ち目なわけでもなく、メイウェザー男爵家のように勢いがあるわけでもない。しかし、どっしりと安定した力を持つ家。

そんなアルフォード伯爵家の当主コーディ・アルフォードはジュードの顧客の一人だ。

お得意さまといっても過言ではないほどに贔屓《ひいき》にしてもらっているらしく、ジュードは彼の人柄も好ましく思っていると教えてくれた。

ホールに入ると、一番に出迎えてくれたのはほかならぬコーディだった。

彼はジュードの顔を見るなり豪快に笑い、「ジュードくん」と気やすく手を振った。

ジュードと共に彼に近寄ると、コーディの鋭い視線がセレニアに注がれた。

周囲が萎縮しそうなほどの迫力を持つ彼は、セレニアを吟味《ぎんみ》するように見つめてくる。

「今日は奥方も同伴とは、光栄だよ」

「ええ。結婚してからこうした場は初めてですので、どうぞお手柔らかに」

よそ行きの笑みを浮かべたジュードがそう返事をするので、セレニアはぺこりと頭を下げた。

「メイウェザー男爵夫人、セレニアでございます」

できるだけ淑《しと》やかに名乗ると、コーディは笑った。

「いやぁ、お目にかかるのは結婚式の日以来ですね。私はコーディ・アルフォード。ジュードくんにはいつも世話になっています」

彼はセレニアに好意的なようで、ほっとする。

「仲睦まじいようで羨ましいことだ。なかなか夜会にも顔を出さないから、もしかしたらジュードくんに虐められているんじゃないかと心配していたんですよ」

「まぁ……」

おどけたように言うコーディに、セレニアもつられて笑う。

しかし、彼の表情はすぐに曇《くも》ってしまった。

「それに比べて、うちの息子ときたら……」

「ご子息さまが、どうかなさったのですか？」

「あぁ、実はある女性に入れ込んでいましてね。本気にされていないとわかっているのに、なんとか振り向かせようと次から次へ貢《みつ》ぎ物をして……」

コーディはやれやれと大きなため息を吐く。かと思えば、「このままでは廃嫡かな」と恐ろしいことを口にした。

「アルフォード伯爵。ご子息さまが夢中になっているという女性は……もしや、ライアンズ侯爵家の？」

ジュードが神妙な面持ちでコーディに問う。

全身から血の気が引いた。

……まさか、アビゲイルなのか。

（お姉さまが……）

扇を口元に当てて、なんとか表情を隠す。

「さすがジュードくん、よくご存じだね」

あっさり認めるコーディの言葉を聞いて、セレニアは逃げ出したい気持ちでいっぱいになる。

「アビゲイル・ライアンズ嬢だ。うん？　そういえば、ジュードくんの奥方は……」

そっとコーディの視線がセレニアに向いた。

くらりと目眩がして、倒れ込みそうになるセレニアをジュードがとっさに支える。

なにか言おうとして、唇が震えた。

「セレニア……」

ジュードが優しく背をさすってくれる。セレニアは深呼吸を繰り返した。

そうしていると、徐々に気持ちが落ち着いていく。

「お祭しの通りです、アルフォード伯爵」

セレニアの背に手を当てながら、ジュードはコーディを真っ直ぐに見つめた。

「セレニアはライアンズ侯爵家の次女。アビゲイル嬢の妹にあたります。ですが、セレニアは彼女とは違う」

首を横に振りながら、ジュードは言ってくれた。

コーディは黙ってセレニアのことを見つめている。

「セレニアは心優しい女性です。どうか、アビゲイル嬢と一緒にしないでいただきたい」

こんな態度のジュードを見たのは初めてかもしれない。

それはどうやらセレニアだけではないようだ。

「驚いたな。キミがそこまで感情的になるとは。……わかっているよ。姉がどうだからと、その妹まで同じだなどとは思わない。いかに貴族は噂が趣味だと言っても、噂だけで人を判断するのは愚か者のすることさ」

「アルフォード伯爵」

「それに噂と言えば、姉君は悪い噂ばかり耳に入るが、妹君はそうでもなかったな」

セレニアは目を見開いた。

自分に噂など、あるのだろうか。それに『そうでもない』と言うなら悪評ではないということだ。

(一体どんなことを……)

思ってもないことを聞かされて、頭が混乱している。

いつもいつもアビゲイルと比べられ、出来損ないやら落ちこぼれなどと陰口を叩かれていた。

それは、悪い噂にはならないのだろうか？

「セレニア」

ジュードがセレニアの肩を抱き寄せ、耳元で「落ち着きました？」と囁《ささや》く。

ハッとして、セレニアはうなずいた。

「アルフォード伯爵。遅ればせながら本日はお招きいただきありがとうございます。しばし妻と共に、パーティーを堪能させていただきますね」

「あぁ、ぜひとも楽しんでいってくれ」

やりとりを終えると、コーディは別の招待客のほうへ歩いていった。

その姿を見つめながら、セレニアは深呼吸して頭を落ち着けようとする。

(……お姉さま)

アビゲイルのことを思い出すと、不安に襲われる。

セレニアはジュードと絡めた腕に力を込めた。ジュードはそっとセレニアを見つめて、安心させるように額に口づけてくれた。

（そうよ。なにがあってもジュードさまが私を守ってくださるわ）

ジュードの存在が、セレニアに勇気をくれる。

それでも周囲の視線がいたたまれなくて、うつむいてしまいそうになる。堂々としていたいのに、頭の中に嫌な思い出ばかりが浮かぶのだ。

自然と唇を噛んだ。その時だった。

周囲の視線が、一斉にホールの入り口へ注がれる。

現れたのは、派手な美女だった。

傍らには見目麗しい男性たちが付き従っており、彼女は扇で口元を隠しながらころころと笑っている。

「あらあら、まぁ……」

「相変わらずご立派ですわねぇ。ついこの前も人様の婚約者に手を出したと噂になっていたのに。懲りないこと」

嫌悪感を丸出しにした夫人たちの言葉が耳に届く。

そう、今まさにこの会場の視線を集める彼女こそ、セレニアの姉アビゲイル・ライアンズだ。

「アビゲイル嬢。私と一曲踊ってくださいませんか？」

「いえ、どうか僕とご一緒してください！」

周囲に集まる男性たちは、我先にとばかりにアビゲイルをダンスに誘う。

彼女はそれを一瞥《いちべつ》し、「今日はそういう気分ではないの」と吐き捨てた。

「行きましょう」

アビゲイルが一人の貴公子の腕に抱きつく。その姿に、周囲の夫人たちが眉をひそめた。

「確か彼、ほかに婚約者がいたはずではなくて……？」

かすかに聞こえた言葉に、セレニアは絶句する。

誰もが口々に文句を言うのに、直接注意をする猛者は現れない。それほどまでに、アビゲイルは社交界での確固たる地位を築いているのだろう。

（……お姉さま）

ぎゅっとジュードの腕にしがみつく。彼は「大丈夫ですよ」と優しく声をかけてくれた。

心のざわめきはまだ収まらないが、頭は少しずつ冷静になっていく。

侯爵家にいたころ、セレニアがアビゲイルの悪行を直接目の当たりにすることはほとんどなかった。

だが、こんなにも派手に好き放題していたとは……

しかし、一つ気になることがある。

（あのドレス、なんだか……）

遠目から見るだけでも、アビゲイルのドレスが普段と違うのがわかった。

セレニアが知る限り、アビゲイルは今まで最高級のドレスしか身にまとわなかった。

けれど今彼女がまとっているものは、到底良いものには見えない。

ジュードの用意する衣装に慣れた今のセレニアの目には特に、生地の質感やシルエットからわかる縫製の良し悪しがはっきり見てとれた。

あれはかつてアビゲイルが着ていたものとは似ても似つかぬ、安物だ。

（もしかして、侯爵家は私のいた頃よりも危ないのでは？）

そんな可能性さえ脳裏に浮かぶ。

父ジェイラスが投資詐欺にひっかかって抱えた借金は、すべてジュードが肩代わりしたと聞いている。

それなら、ほかのところでも借金を重ねている……ということだろうか。

セレニアがジュードの様子をうかがうと、彼は真剣な面持ちでアビゲイルを凝視していた。

その目にはなんの感情もこもっていない。なのに、胸中がざわめいてしまう。

もしも、ジュードもアビゲイルの魅力にとりつかれてしまったら——

最悪の想像に、血の気が引いていく。

「ジュード、さま」

ゆっくりと彼の名前を呼んで、衣装の袖を掴んだ。

ぎゅっと握りしめると、ようやくジュードがセレニアに視線を向けてくれる。

けれど目を見ることが恐ろしくて、視線を合わせることができないでいた。

「どうかしましたか、セレニア？」

優しく問いかけられる。だけど、なにも言えない。口は動くのに、声にはならない。

もしも、ジュードの心がアビゲイルに奪われてしまったら——そんな想像が頭の中から離れてくれなくて、自然と彼の腕に縋《すが》りついてしまう。

「セレニア……？」

彼が困惑しているのがわかる。でも、自分以外を見ないでほしかった。

特に、アビゲイルのことだけは見ないで――

切実な想いは、言葉にならなかった。

無意識のうちに溢れていた涙が、視界をゆがませる。

「行かないで……」

泣きそうな声で、そう言うのが精一杯だった。

これではなにも伝わらない。セレニアだってわかっている。

「どこにも行きませんよ」

けれど、ジュードには充分だったらしい。

「俺にはセレニアがいます。……セレニア以外の女性なんて、必要ありません」

彼はセレニアの頬に口づける。

(ジュードさまは、私のことを愛してくださっているのに……)

どうして自分は彼を疑ってしまったのだろう。

疑問が浮かんだが、今までの苦い記憶のせいだとすぐに理解した。

侯爵家にいる頃、セレニアを苦しめたたくさんのこと。それらを象徴するのがアビゲイルの存在だった。

そんなことを考えていると、アビゲイルが歩きはじめた。後ろには、取り巻きの男性たちがいる。

周囲の人々がこそこそと囁《ささや》き声を立てるがアビゲイルは気にも留めない。

「本当に、ライアンズ侯爵家の教育はどうなっているのかしらねぇ」

不意に、そんな言葉がセレニアの耳に届いた。

彼らが見ているのはアビゲイルなのだとわかっている。けれどセレニアもまた、ライアンズ侯爵家の娘だ。生家を貶《けな》されると、自分もなにか粗相《そそう》をしてしまったのではと不安になる。

(違うわ。この方々は、私がセレニア・ライアンズだと気がついていない)

そう思い直し、セレニアは背筋を伸ばす。

そんなセレニアの気持ちを知る由もないアビゲイルが、すぐ隣を通り抜けていった。

ふわりと香水の匂いが鼻腔に届く。

ふと隣を見ると、ジュードが顔をしかめていた。

確かにこの匂いは鼻に残るというか、きついというか。セレニアも不快感を抱くほどだ。

けれど、貴族令嬢はああいう強い香りを好む。

ジュードがメイウェザー商会で近々香水も扱おうとしていたことを思い出し、そのことを教えようとした時――

アビゲイルの目が、セレニアを捉えた。

(……あ)

彼女の目が大きく見開かれる。セレニアの姿を上から下まで睨《ね》めつけて、忌々《いまいま》しそうに口元がゆ

れない。

今まで見下していた妹が立派なドレスを身にまとい、社交界にいることが気に食わないのかもしれない。

いや、間違いなくそうだ。

「あらぁ、セレニアじゃない」

アビゲイルがゆっくりと近づいて、立ちふさがるようにセレニアの前に立った。

そばにいた男性が、「セレニア？」「妹か？」などと声をあげる。

「えぇ、成金男爵と結婚した妹ですわ」

明らかに嘲笑を含んだ声だった。セレニアの頭に血が上る。

（私だけならまだしも、ジュードさままでバカにするなんて……！）

手のひらをぎゅっと握りしめ、アビゲイルを強くにらみつける。すると、彼女は目を吊り上げた。

どうやら、セレニアの態度が気に障ったらしい。

「……あなた」

アビゲイルはそう呟き、セレニアのほうに一歩踏み出した。

カツン、とヒールが床がぶつかる音がやたらと大きく響く。

しかし、突如視界が遮《さえぎ》られた。

ジュードが、二人の間に割り込んだのだ。

「私の妻になにかご用でしょうか？」

彼はにこやかな笑みを浮かべる。

「わたくしはその子の姉なのよ。久々の再会を邪魔しないでくださる？」

口元に扇を当てながら、アビゲイルが言う。

その姿は妖艶《ようえん》で、男性なら誰もが魅了されてしまいそうなほどの魅力を放っていた。

しかしジュードはよそ行きの笑みを崩さない。

「セレニアは望んでいないようですので」

「なっ」

アビゲイルが虚を突かれたように目を見開く。だがすぐに怒りに目を吊り上げた。

今まで男性にちやほやされたことはあっても、このように袖にされることはなかったのだろう。

「そのドレス、マドック商会のものですね」

「そ、それがどうしたというの？」

「いいえ、懐かしいなと思いまして。確かそのデザインは、三年ほど前に発表されたものでしょう？」

にこやかな笑みのままジュードが続ける。周囲の女性たちがアビゲイルのドレスを見て、くすくすと忍び笑いを漏らした。

「発表された当時はとても斬新で、私も驚いたものです。しかし珍しい色ですね。当時のコレクションにそんな色は……ああ、なるほど」

「……なにが言いたいの？」

アビゲイルがジュードをにらみつける。

「いえ、その生地は確かに良いものではあるのですが、色が落ちやすいのが難点なんです。特に長いこと倉庫に置かれていたりすると、元の色をすっかり失ってしまう」

ジュードは笑顔でそう言うものの、目は笑っていない。

彼は遠まわしに言っているのだ。

『流行遅れの売れ残りを身にまとって、恥ずかしくないのか』と。

貴族令嬢は流行に敏感だ。それゆえに、すでに流行の終わったドレスなど恥ずかしくて袖を通すことができない。売れ残りなどもってのほかだ。

特に、高位貴族ともなれば……

「な、成金風情が、このわたくしに意見をして、ただで済むと思っているの⁉」

アビゲイルが声を荒らげる。対するジュードはどこまでも冷静だった。

「アビゲイル嬢。あなたはご自分の立場をわかっていないようだ」

彼がアビゲイルを見下ろした。

「ライアンズ侯爵家が抱えた多額の借金を肩代わりしたのが誰か、お忘れですか？」

「か、代わりに、その妹をあげたじゃない！　出来損ないでも、あなたの妻にはぴったりだわ！」

慌てふためきながら、アビゲイルがそう吐き捨てた。

――出来損ない。

はっきりと聞こえた言葉が、セレニアの胸に突き刺さる。

家族から愛されていないことは、わかっていた。それでも面と向かって突きつけられるのは、辛い。

「……セレニアは、出来損ないなんかじゃない」

ジュードが、静かに声をあげる。その言葉に、セレニアの胸から温かいなにかが溢れていくようだった。

「セレニアは、とても素敵な人だ。……あなたとは、違う」

途方もない怒りを押さえつけるように、ジュードは続けた。

その声には言い知れぬ迫力がこもっていて……アビゲイルが、うろたえている。

ただならぬ様子を察したのか、取り巻きの一人がアビゲイルを庇うように立ちふさがった。

「メイウェザー男爵。あなたこそ、ご自分の立場を弁えて……」

「――おや。あなたは確か、ヒューズ子爵家の方でしたね」

青年を真っ直ぐに見据えて、ジュードは笑った。その笑みにはなんともいえない迫力があり、青年は息を呑む。

「あなたとて、私を敵に回すのは得策じゃないでしょう？　それくらい、わかっておいででしょうに」

「……そ、それは」

どうやら、彼にはまだ冷静な思考が残っているらしい。

ヒューズ子爵家といえば、メイウェザー商会の取引先の一つだった。装飾品の店を営んでいて、主力商品のほとんどがメイウェザー商会から仕入れたもののはずだ。

「わかっているなら、さっさとどいてください。私はアビゲイル嬢と話をしているので」

地を這《は》うような声でジュードが言うと、彼はそっと後ずさった。

「で、出来損ないに出来損ないと言って、なにが悪いのよ！」

アビゲイルの言葉は、まるで幼子が悪戯《いたずら》の言い訳をするような稚拙《ちせつ》さだ。

そんな言葉でジュードが止まるはずもない。彼は一歩一歩、アビゲイルに近づいていく。

（ジュードさま、怒っていらっしゃるわ。……私のために。でも……）

ジュードの気持ちは嬉しい。しかし、ここで騒ぎを起こしてはジュードにとっても不利益になる。

一触即発の空気に、パーティーの参加者たちも何事かと集まりつつある。

普段のジュードならその状況に気がつくだろうに、セレニアを貶《けな》されて頭に血が上っているらしい。

「その言葉、取り消して――」

「ジュードさま！」

彼がまた一歩踏み出そうとした時。セレニアはとっさに彼の腕にしがみついた。

ジュードが驚いたようにセレニアを見つめる。その目はなぜ止めるのかと言いたげで、セレニアは答えに困った。

でも、言わなくてはならない。

「どうかお怒りを鎮《しず》めてください。ここで問題を起こしてメイウェザー商会の名を落としてはいけません」

彼の腕に縋《すが》りつく。だが、ジュードは苦しそうに顔をゆがめた。

「……ですが、セレニアのことをバカにした。俺はそれが許せない」

「私だって、ジュードさまの評判を落としたくない。……ジュードさまは私の願いより、お姉さまのことを優先するのですか？」

ジュードは少しためらってから、うなずいた。

彼の目は相変わらずアビゲイルを鋭く射抜いている。それだけで、セレニアの心が鈍く痛んだ。

(私、こんなにも心が狭いのね……)

彼の目がアビゲイルを映すことさえ、嫌だなんて——

うつむいていると、ジュードが「セレニア」と名前を呼んでくれた。

「心配をかけてしまって、すみません」

彼が小さく言う。どうやら、矛を収める気になってくれたらしい。

「……ありがとうございます」

セレニアが顔を上げると、ジュードが頬に口づけた。

ぶわっと顔が熱くなる。そんなセレニアを見て笑ったジュードは、「帰りましょうか」と言った。

セレニアは、静かにうなずいた。


ホールを出て、二人で馬車に向かう。御者のホレスが驚いた顔でこちらを見ていた。

「少しトラブルがあって、今日はもうお暇《いとま》することにしたよ」

「さようでございますか」

ホレスは理由を聞くことなく、馬車の扉を開けた。

馬車の中には、妙な空気が流れていた。

セレニアの頭の中にはまだアビゲイルが居座っていて、彼女への怒りで身が焼け焦げてしまいそうだった。

どうやら、ジュードも同じらしい。彼はボソッと「……あの女」とこぼす。

その様子が恐ろしくて、セレニアは彼の腕にしがみついた。

「いえ、その……」

彼が視線だけで用件を尋ねてくるが、セレニアはなにも言えずに固まってしまう。

「……口づけても、いいですか？」

しばらくして、ジュードが口を開いた。顔を上げると、セレニアの頬に指が押し当てられる。

「セレニアに、触れたいです」

まるで縋《すが》るような声だった。

彼の目をじっと見つめる。

だが、セレニアには彼の感情が読めなかった。落胆しながらも、ゆっくりとうなずく。

「……はい」

答えると同時に、唇を奪われた。

ちゅっと音を立てて何度か触れるだけの口づけを落とされたかと思うと、性急に舌が入り込む。

「んっ」

舌がセレニアの口腔を蹂躙《じゅうりん》していく。頬の内側をつつかれて、セレニアの舌が搦《から》め捕られる。

舌先を軽く吸われると、腰が砕けそうなほどの快感に襲われた。

口元からはくちゅ、くちゅ、と水音が聞こえてくる。そのせいでさらに身体が熱くなって——自然と腰が揺れてしまう。

「セレニア、腰が揺れていますよ」

ジュードは口づけを終えると、セレニアの腰をするりと撫《な》でる。

それだけでセレニアの身体にゾクゾクしたものが走って、下腹部が熱くなる。

「……言わ、ないで」

視線を逸らすが、彼が「抱きたいなぁ」とこぼしたのが聞こえた。

「セレニアのナカに突っ込んで、蕩《とろ》けるほど愛してあげたい」

「ジュード、さま……」

「セレニアだって、俺に愛されたいですよね？」

どうして、わかるのだろう……

きっと自分はそれほど惚けた表情をしているのだ。

「わたしも……ジュードさまと、繋がりたい……」

彼の胸に頭を預けると、彼の手がセレニアの後頭部を掴んで——また、唇を奪われた。

「——んっ、んぅ」

くちゅくちゅと音を鳴らしながら、ジュードに口腔を犯されている。

耳まで犯されているかのような水音に、頭がしびれていく。

早く触ってほしいとばかりに蜜口がひくついているのが、セレニアにもわかってしまう。

……だけど、こんなところで繋がるわけにはいかない。

そう思って耐えているると、ジュードが口づけをやめた。呑み込めなかった唾液が、セレニアのドレスに垂れていく。

「そんな惚けた目、しないでください」

どうやら、興奮しているのはセレニアだけではないらしい。

ほっと安心をしたものの、なんだか恥ずかしくなってしまう。

「ジュードさま……」

「なんですか、セレニア？」

名前を呼ぶと、彼は優しく微笑んでセレニアと視線を合わせる。

セレニアは小さな唇をゆっくりと動かした。

「――大好きです」


アルフォード伯爵家でのパーティーから数日が経った。

あれ以来ジュードは忙しなく仕事に追われており、夜以外はほとんど邸宅に帰ってこない。

セレニアは一人で留守を預かるようになった。

といっても、大したことではない。普段からやっていることに加え、客人のもてなしが増えたくらいだ。

それに客人といってもそこまできちんとした応対が必要な相手は滅多にいない。

来客のほとんどはジュードが不在だと知ると、「では、また今度」と言って帰っていくのだ。

侯爵家では先触れもなく来客が訪れることなどなかったので、はじめセレニアは大層驚いた。

連絡くらいくれればいいのに、とも思ったが、近くまで来たので寄ったのだという客人たちには特別な用事がないものがほとんどだった。

そうしていると、ジュードが広い層の人々に慕われていることを実感する。

そして、その日。

セレニアはルネと共に私室でゆったりと過ごしていた。

紅茶とお茶菓子を出してもらい、他愛のない会話に花を咲かせる。

「時に奥さま。そろそろ……跡継ぎなどは、いかがでしょうか？」

ルネがふと、思い立ったようにそんなことを口にした。

セレニアが目を見張ると、彼女は「急かすわけではないのです」と付け足す。

「ただ……旦那さまは、望んでいらっしゃると伺ったものですから」

「……そうなの？」

「はい。執事との会話を盗み聞きしてしまって」

きりっとした表情で彼女は言うものの、盗み聞きはダメだろう。

しかし、その話を聞けたことは素直に嬉しい。

（そうよね。結婚してしばらく経つのだから、そろそろ跡継ぎをと望むのは当然だわ）

そもそも、貴族の妻にとって一番大切な役割は優秀な跡継ぎを産むことだ。

セレニアだって、ジュードとの子供が欲しくないといえば嘘になる。

彼に似たら、優しくてしっかりした子になるだろう。

（毎晩あんなに抱かれていたら、時間の問題かもしれないわ）

自らの腹に手を当てて、セレニアは想いを馳せる。

毎晩毎晩意識が飛ぶまで愛されているのだ。いつ子を授かってもおかしくない。

「ジュードさまとの子供。……私も、欲しい」

ボソッと呟くと、「私たちも同じ気持ちでございます」とルネが笑った。

「奥さまと旦那さまの子となれば、とても可愛らしいでしょうから」

「私に似たら、そこまででもない気がするわ」

「いいえ、奥さまにそっくりの子なら、とても愛らしいに決まっています」

そんな会話を交わしていると、不意に屋敷の中が慌ただしくなった。

また突然の来客だろうか？

セレニアは窓に近づいて外の様子を見る。

（……っ）

窓の外に見えたのは、一台の馬車だった。

それを見た瞬間、血の気が引くような感覚に襲われた。

その場にうずくまるようにへたり込むと、慌ててルネが駆け寄ってくる。

「……ぁ、あ」

声にならない声をあげる。セレニアのただならぬ様子に、ルネも窓のほうに視線を向けた。

そこにあるのはなんてことのない普通の馬車だ。

けれど、そこに描かれている家紋は……ライアンズ侯爵家のものだった。

（いや……っ！）

アビゲイルに出くわして以来、なんとなく不安な気持ちを抱いていた。

もしも、父や母がアビゲイルからセレニアの現状を聞いていたら……

あの家に、連れ戻されるかもしれない。ジュードのもとを離れなければならなくなるかもしれない。

ありえないことだと頭ではわかっていても、そんな悪夢にずっと苛《さいな》まれていたのだ。

「奥さま、まずは落ち着きましょう。一度横になりますか？」

セレニアはうなずいた。

ルネに支えられながら寝台へ向かい、腰掛ける。セレニア個人の私室にも小さな寝台があり、月のものが来た時や体調が優れない時はこちらを使っていた。

ルネがセレニアの背をさする。

それでも、なかなか冷静に戻れないでいた。

侯爵家の面々とは会いたくない。顔も見たくない。心の底から、そう思う。

「奥さま、大丈夫ですよ」

ルネがセレニアの背を優しく撫《な》で続ける。ほっと息を吐いていると、ハウスメイドのビアンカが部屋を訪れた。

「奥さまに、お客様が……」

「追い返してちょうだい」

ルネは強い口調で指示をする。ビアンカはびくっと震えたものの「かしこまりました！」と力強く返事をして廊下を駆けていった。

足音が遠ざかるのを聞きながら、セレニアは目を瞑《つむ》った。

（いやよ。会いたくない。絶対に、嫌……）

心臓がバクバクと音を立て、意識が遠のく。

ルネが「奥さま!?」と叫ぶ。その声も、遠のいていく……


重たい瞼《まぶた》を上げる。視界に飛び込んできたのは、セレニアが大好きな人の顔だった。

「セレニア！」

「……ジュード、さま？」

たどたどしく彼の名前を呼ぶと、ジュードはセレニアの手を握りしめてくれた。

「よかった……！」

「……わたし、どうして……？」

いつの間に眠ってしまったのだろう。混乱するセレニアを見て、ジュードは苦しそうな表情を浮かべる。

「気を失ったそうですよ。連絡を受けて飛んできました」

セレニアはずきずきと痛む頭を押さえ、気を失うまでのことを思い出す。

（そうだわ、私、不安になって……）

あまりにひどい顔をしていたのだろう。ジュードは痛々しいとばかりに表情をゆがめる。

「大丈夫、ですか？」

セレニアに優しく問いかけてくれるが、むしろ彼のほうが大変だっただろう。

外を見ると、空はオレンジ色に染まりつつある。普段ならジュードはまだ働いている時間帯だ。

きっと、仕事を放り出してきたのだろう。

「ジュードさま、その……」

「どうしました？」

「お仕事は、よろしいのですか……？」

倒れた自分が言えたことではない。けれど、このことでジュードが信用を失うようなことがあったら……

そう思うと気が気ではなかった。

うつむくセレニアの手を、ジュードが包み込む。

「それは問題ありません。従業員はしっかり教育していますから、俺が半日抜けたくらいで大したダメージにはなりませんよ」

「そうなの、ですか」

「それに今日はたまたまセザールがいたので、できる仕事はすべてあいつに放り投げてきました」

……それはそれで、大丈夫ではないような気もする。

そう思うセレニアをよそに、ジュードは「仕事よりもセレニアのほうが大切です」とさも当然のように言う。

「俺にとって一番大切なのはセレニアです。……そりゃあ、仕事も大切です。でも、それ以上にあなたのことが大切ですから」

何度も『大切』と繰り返されて、思わず目に涙が浮かんだ。

「わ、私、不安で……」

「はい」

「もしかしたら連れ戻されるんじゃないか、ここにいられなくなるんじゃないかって、思って……」

声が震えて、涙がこぼれ落ちそうになる。

「そんなことは、絶対にさせません」

ジュードはセレニアの身体を強く抱きしめた。

まるで壊れ物を扱うかのような優しさに、心臓がとくんと高鳴る。

しばらくそうして背を撫《な》でられていると、こらえていた感情が溢れ出た。

ジュードは泣きじゃくるセレニアを迷惑がることなく慰《なぐさ》めた。言葉にならない悲鳴の一つ一つに、彼は相槌《あいづち》を打つ。

いくらか落ち着いた頃、ルネがお茶を持ってきてくれた。

柔らかな香りのそれはハーブティーだ。

口をつけると、泣き疲れて乾いた喉が癒やされるようで、ほっと息を吐く。

「……落ち着きましたか？」

セレニアがお茶を飲み終えたのを見はからって、ジュードが声をかける。

「……セレニア。お話ししたいことがあります」

なんだろう、と首をかしげていると、ジュードは「動けますか？」と尋ねてきた。

「このまま寝台で話せればよかったのですが、少し込み入ってしまうので……」

彼はセレニアの身体をソファーに運んだ。

二人並んで腰掛けると、彼は執事から受け取った鞄からいくつかの資料を取り出す。

見ると、借用書のようだった。借主の欄には、ライアンズと書かれている。

「こ、これは……」

「ライアンズ侯爵家が作った借金です」

ジュードはなんでもない風に言うが、書かれている金額は途方もない金額だ。

庶民が一生働いても返せるかわからないほどだろう。

「これはまだ、ほんの一部です。俺は少し侯爵家に探りを入れていたのですが……」

彼はセレニアを見つめ、視線だけで続きを聞くかどうか問いかける。

正直なことを言えば、聞きたくなどなかった。

けれど、セレニアにとって関係のない話ではない。

もしも昼間に侯爵家の馬車が来たのがお金の無心のためだったとしたら、彼らはまた来るはずだ。

「聞かせて、ください」

覚悟を決めて返事をしたはずなのに、その声はひどく震えていた。

ジュードは借用書の一枚を手に取る。

「ライアンズ侯爵家の現状は、相当厳しいものです。聞けばアビゲイル嬢だけでなく、侯爵夫妻の散財もすさまじいものだったとか」

話を聞きながら、セレニアも借用書に手を伸ばした。

「どうやら、たちの悪い金貸しにも金を借りているようですね」

ジュードは淡々と状況を語る。

「もはや、この状態の侯爵家に金を貸す者はいません。昼間は金の無心に来たのだと思います」

「……それは」

「おおかた、セレニアを嫁がせたのだから金を貸せというところでしょう」

そこまで言うと彼は再び借用書を束ねていく。その数は十枚を軽く超えているだろう。

「あるいは、また借金を肩代わりしろ、か……残念ながら、俺は自分の不利益になることはしませんが」

呆れたように言って、ジュードは脚を組む。

今の彼の目は、いつもの優しいジュードのものではない。きっと、これがやり手の経営者メイウェザー男爵としての側面なのだろう。

「わたしは……」

このまま彼に迷惑をかけてしまうくらいなら、離縁すべきではないのか——

しかし。

「俺はセレニアのことを手放すつもりはありません」

ジュードははっきりとそう宣言した。

「ただ、そうですね……セレニア。一つだけ聞かせてください」

「なんでしょう」

小首をかしげると、彼は大きくうなずいた。

「あなたはなにを望みますか？」

「え？」

質問の意図が掴めず、きょとんとする。ジュードは真剣な表情を崩さない。

「もしも、セレニアが侯爵家を助けてほしいと言うのなら、俺はある程度の援助を考えます」

「……はい」

「ただし、セレニアにもそれ相応のことをしていただくつもりです」

その言葉にセレニアは気がつく。ジュードは見返りを求めているのだ。

実家を助けるためには、なにかを差し出せ……と。

セレニアはうつむいた。

(私がジュードさまにできることなんて、あるのかしら……?)

実家の凋落が悲しくないと言ったら嘘になる。けれど浮かぶのは世話を焼いてくれたカリスタたちのような使用人や、それからアルフたちのことだ。

家族のことは、助けたいと思えなかった。

(私が望むこと……)

セレニアは考える。

自分の望み。浮かんだのは、二つの願いだった。

「ジュードさま。私の望みを、叶えてくださいますか?」

上目遣いになってジュードを見つめる。彼は「セレニア次第ですね」と返すだけだ。

「侯爵家への援助は、求めません」

はっきりと宣言した。

「ただ……」

「ただ?」

「使用人たちが路頭に迷うことのないように取り計らっていただきたいのです」

いつの間にかルネが上着をかけてくれていた。その袖を握りしめながらセレニアは言葉を続ける。

「それと、もう一つだけ……。ライアンズ家にいた頃、私は動物たちと暮らしていました。あの子たちに……どうか、良い引き取り先を」

ジュードの妻になるまで、セレニアを支えてくれていたのは使用人とアルフたちだった。

もしもライアンズ家の人間のせいで彼らの未来が危うくなるのなら、どうにかして助けたいと思う。

(これが、恩返しになるのなら)

辛い生活の中でも、セレニアは彼らにたくさんの愛情と、それから癒やしをもらった。

受けとったものに、少しでも報いたいのだ。

「なるほど。使用人には商会や得意先での雇用を紹介できます。なんならこの屋敷で雇っても構いません。動物たちも、庭を整備すればここで一緒に暮らせるでしょう」

「っ！　ありがとうございます……！」

自然と笑みを浮かべるセレニアだが、望みを叶えてもらうセレニアが彼になにかをする必要がある。

自分がジュードにできることなどなにも思いつかない。

ジュードがひどいことをするとは思わないが、無理難題を課せられたらと思うと、不安になる。

(でも、仕方のないことなのよ)

けれど、そう思い直した。

しばらくジュードの反応を待っていると、彼は「セレニア」と思いのほか優しい声で名前を呼んだ。

肩がびくんと跳ねる。彼は自分に、なにを求めるのだろうか。

「……は、はい」

ぎゅっと目を瞑《つむ》って返事をする。

「俺がセレニアに求めることは、ただ一つ。――なにがあっても、俺のそばにいてくれること」

「……え？」

思ってもみなかった内容に、ぱちりと瞬きをする。

ジュードはいつも通りの表情で、セレニアを見つめていた。

「この先ずっと、セレニアが俺のそばにいてくれること。それ以外はなにも望みません。俺はそれだけで満足です」

にっこりと笑みを浮かべて彼がそう繰り返す。

セレニアがぱちぱちと目を瞬かせていると、彼はきょとんとして首をかしげた。

「なにを求められると思ったのですか？」

「えっと……」

想像もつかなかった、とは言いづらい。

身体はすでにジュードのものだし、価値のあるものを持っているわけでもない。

彼の役に立ちたいと思って勉強はしているが、それでも今のセレニアの技術や知識は彼に交換条件として求められるようなものではないのだ。

そんななにもないセレニアだからこそ、ジュードの願いは思ってもみないことだった。

「あなたがどう思っていようと、俺は自らの妻を金で買った身の上です。愛されないことははじめから承知の上でした。だからこそ……気持ちがそこになくとも、ただそこにいてくれればいい。俺のそばに、いてさえくれれば」

ジュードの言葉は切実で――とても、寂しいものだった。

『だから、あなたはなにもしなくていい。……ただ、そこにいてくれれば』

唐突に、結婚式の日に言われた言葉を思い出す。

あの時の言葉の真意は、そういうことだったのだ。

……だけどもうセレニアは、ジュードのことが好きだ。それは彼もわかっているはず。

「あなたに『好き』と言われた時は、嬉しかった。……ですが、それは一時の感情にすぎない」

「そ、そんなことっ！」

「人間の感情は移ろいやすいものです。人の心に絶対はない。永遠を誓っておきながら簡単に裏切るような人々を何度も見てきた。それでも俺はセレニアが欲しい。心までは望まない。命が尽きて身体が朽ち果てるまで、あなたのそばにいたい。……ずっと、俺を手放さないでほしい」

その言葉はまるで、熱烈な告白だ。

きっとセレニアの顔は真っ赤に染まっている。恥ずかしくて視線を逸らしそうになる。

けれど、今逸らしてはいけない。

きちんと、彼の目を見て伝えたい。

「私の……」

「……セレニア？」

「私のことも、どうかずっと……手放さないでください」

セレニアはジュードを真っ直ぐに見つめた。

「一生、そばに置いてください」

膝の上に載せた手をぎゅっと握った。その手は震えている。

これだけの想いを伝え合ってなお、拒まれてしまったらという恐怖感が消えてくれない。

「もちろんです」

ジュードが大きく息を呑みこんで、答えた。

「俺はセレニアを一生手放すつもりはありません。……長年ずっと片想いをしてきたのです。近くにいられるこの幸運を手放すほど愚かじゃない」

「長年……」

前々からずっと気になっていた。富を築いたのはセレニアのためだという言葉。そして、大金を積んでまでセレニアを欲した理由。

「もう隠せませんね。……俺は昔、あなたに助けられたんです」

「え？」

「昔、それこそ、俺が孤児院に入る前のことです」

目を細めて懐かしむかのように、ジュードが語り出した。

「気持ち悪がられるんじゃないかと思ったら、怖くて。ずっと隠していたんです」

彼が一度言葉を切る。だが、意を決したように再び口を開いた。

「あれは俺が十三歳の頃でした。当時のセレニアは……そうですね。五、六歳くらいだったでしょうか」

「そんな、昔……」

「当時の俺は、亡くなった両親が残した借金に苦しんでいました。家もなにもかも奪われ、取り立てに追われ、もう悪事に手を染めるしかないような状況だった。……そんな時、セレニアに出逢ったんです」

彼は遠くを見つめるような目で語り続ける。

それからの彼の話はこうだ。

当時、まだ家族に見捨てられる前のセレニアは、両親と共に王都の城下町を訪れていた。そんな彼らを、ジュードは襲おうとしたのだ。

だがなにかするまでもなく、あっけなく警備兵に取り押さえられた。

「あなたの両親は極刑を望んだ。俺も、それでいいと思っていました。だって、生きているより死んだほうがずっと楽だったから」

「……」

「でもその時、セレニアが俺のことを、許してあげてほしいと言ってくれたんです。そしてこうも言いました。――その代わり、いつか私が困っていたら助けてね、って」

……まったく、覚えていない。

「最後に、持っていた絵本を俺にくれました。悲しい時に読んだらきっと元気が出る、自分の一番好きなお話だから、と言って」

その時ようやく腑《ふ》に落ちた。図書室に大切にしまい込まれていたあの絵本、あれは幼き日のセレニアがジュードに贈ったものだったのだ。

（そんな大切なことを、今まで忘れていたなんて……）

そして、自分の手元からいつの間にかなくなっていた訳も――

「俺は恩を返したかった。だから必死に学んで、働いて、知識と経験を得ました。富を築いて、いつかあの子との約束を守ろう、と」

「そうだったんですね……」

ジュードが歩んできた道のりを知って、あまりに一途な想いに胸を打たれる。

「それとこれはお話しするか迷ったのですが……ジェイラス侯爵が投資で大金を失うように仕向けたのは、俺です」

「どういう、ことですか……？」

さすがにその言葉には耳を疑った。

父ジェイラスが勝手に詐欺にひっかかり、それを知ったジュードが助けてくれた。

少なくともセレニアはそう思っていた。ジュードが詐欺を行うような人間だとは、到底思えない。

「正確に言うと、どう考えてもうまくいくはずのない事業を立ち上げたという起業家を焚きつけて、ライアンズ侯爵に援助を求めさせたんです。……とはいえ、よく調べれば大金をかけるものではないとわかるはずなので、自業自得といえばそうかもしれませんが」

彼はあっけらかんとしているが、そんな裏があったとは……

「どうしても、セレニアが欲しかった」

ジュードがぐっと拳を握る。

「本当は、きちんと正式な手順でしようと思っていた。……でも、セレニアが侯爵家で虐げられているると知って、いてもたってもいられなかった」

「……ジュードさま」

「だから莫大な借金を背負うに仕向け、肩代わりする条件として娘が欲しいということにした。幸い俺は成金男爵ですから、筋は通る。それにライアンズ侯爵はアビゲイル嬢のことを大切にしていると聞いたから、セレニアを出してくるだろうと予想したんです」

「そんなことが……」

「金にものを言わせて買うような真似など、本当ならしたくはなかった。それでも、セレニアを助けられるのなら……と」

ジュードは言葉を切ると、セレニアに視線を送る。

その目は不安そうに揺れていて、彼がこれを明かすのにかなりの勇気を必要としたことが伝わってきた。

「こんな話、聞かせるつもりはありませんでした。……けれど、隠し通すのも、もう無理だった。だったら今度こそ、俺の口から話したかったんです」

「ジュードさま……」

「こんな俺でも、好きでいてくれますか？　いや……お願いです。嘘でもいいから、愛してくれると言ってください。表向きだけでも、俺のことを嫌わないで」

セレニアの顎に指をかけて、ジュードが顔を近づけてくる。

彼の端正な顔に心臓がとくんと大きく音を鳴らした。

思わず息を呑んで、彼の顔をじっと見つめる。

（……だけど）

目を閉じると、唇に温かいものが触れた。

角度を変えて何度も口づけられて、舌を差し込まれる。

くちゅくちゅという水音が響く。セレニアがその音に身を震わせている隙に、ジュードの舌がセレニアの舌を搦《から》め捕る。

「んんっ、んぅ……」

ジュードに応えるかのように、セレニアは彼の首に腕を回して、必死に舌を絡めた。

水音はどんどん大きくなり、部屋中に響いているのではないかと錯覚するほどだった。

「……ジュード、さま」

唇が離れて、名前を呼んだ。彼が息を呑む。

セレニアはそっと、彼の唇に触れるだけの口づけを落とした。

「そんな悲しいこと、おっしゃらないでください」

少し目を伏せて、そう告げた。

「確かに、ジュードさまのお話には驚きました。……でも私、それ以上に嬉しいんです」

「セレニア……」

「私を助けるために、そんな危険を冒していたなんて。……その、私……」

ジュードを直視することができなくて、視線を斜め下に向けた。しかし、ぐっと気持ちを整えてもう一度彼を見る。

「私、ジュードさまのことを愛しています」

迷いなんてない。

「なにがあっても、あなたを愛します。心の底から、あなたを愛します」

神に誓うかのように何度も何度も繰り返す。

「あなたが私のことをずっと思ってくれていた。それだけで、私は幸せです。こんな私でも、誰かの心の支えになっていたんだって……」

「セレニア」

「だから、私はこれからもあなたの支えでいたい。あなたが愛してくださったように、私もあなたを愛したいんです。……嘘でもいいなんて、言わないで」

目を瞑《つむ》ると、ジュードの妻になってからのたくさんの出来事が蘇《よみがえ》ってくる。

楽しかったし、嬉しかった。幸せだった。その全部を、彼にも与えたい。

「どうか私と、ずっと一緒にいてください」

彼の頭を抱いて、セレニアははっきりとそう告げた。

ジュードが、息を呑むのがわかる。

「こんな俺のことを、本気で愛してくれるのですか?」

どうしてこの人は、変なところでネガティブなのだろうか。

いや、それはセレニアも一緒だ。きっと二人は、よく似ている。

「はい。ジュードさま。……愛しています」

不安があるなら、何度だってそう伝えればいい。セレニアは溢れる思いを素直に言葉にした。

「どうか、私と家族でいてください」

第五章　決別と幸せ

その日は朝から大忙しだった。

というのも、今日はメイウェザー男爵邸でパーティーが開かれるのだ。

「奥さま、とてもお似合いですわ」

「ありがとう」

セレニアは主催として、豪奢《ごうしゃ》なドレスに身を包んだ。

淡い桃色にふんわりと広がるレースがふんだんに使われたデザインのドレスは初々しい新妻らしさを演出して可愛らしい。髪飾りは生花を大胆に使ったもので、髪の毛はゆるくウェーブをかけて流している。ドレスと髪飾りが印象的な分、それ以外のアクセサリーはあまり主張しない上品なものを選んだ。

これらはすべてメイウェザー商会の商品だ。今日のセレニアは、いわば広告塔でもあった。

（……頑張らなくちゃ）

急きょ開催が決まったパーティーだったが、セレニアにとってこれは勝負の場だった。

招待したのは主にメイウェザー商会を贔屓《ひいき》にしてくれている貴族や商人たちだ。

だがその中で異色なのが、ライアンズ侯爵家の面々だった。

セレニアがジュードの真実を知った後。ライアンズ侯爵家の人々が金のために自分やジュードを脅《おびや》かそうとするのなら、たとえ血の繋がった家族であってももう関わり合いになりたくないとセレニアは結論を出した。

そしてジュードはこのパーティーを計画したのだ。

(とはいえ、お姉さま方がやすやすと負けを認めるとは思えないけれど……ジュードさまはなにをするおつもりなのかしら)

ジュードは今日のためにいろいろと準備してきたらしいが、詳しい内容をセレニアは聞いていない。

あの父母と姉を断罪するというのなら、きちんと知っておきたい気持ちもあるが、同時にジュードが自分に教えるまいとしていることに首を突っ込むべきではないとも思える。

気分を変えようとセレニアがその場でくるりと回ると、ふわりとスカートの裾《すそ》が広がった。

「奥さま。そろそろ旦那さまがいらっしゃいますよ」

近くに控えていたルネが声をかけてくる。セレニアは力強くうなずいた。

言葉通り、五分後にジュードが顔を見せた。彼は着飾ったセレニアを見て、嬉しそうに笑みを浮かべた。

「世界一綺麗です」

そんなことを言われると、恥ずかしくて顔が上げられない。

ほんのり頬を赤らめるセレニアに、彼は手を差し出した。

「……ジュードさま？」

上目遣いに表情をうかがうと、彼は「エスコートさせていただけますか？」と問いかけた。

「はいっ！」

セレニアは差し出された手に自身の手をそっと載せ、輝かんばかりの笑顔で答える。

「俺の、大切なセレニア」

ジュードが名前を呼ぶ。心底愛しいという感情が、声から伝わってくるようだった。

「私も、ジュードさまのことを大切に思っております」

少しはにかむセレニアに向かって、彼は「嬉しいです」と言って手袋に覆われた手の甲に口づけを落とした。

彼の目はセレニアを見据えている。色気をまとったその表情に、鼓動がとくとくと駆け足になる。

「じゅ、ジュード、さま……」

「セレニアはずっと初心ですね。毎日裸を見ているというのに」

「そ、それは……当然です！」

相変わらず、ジュードには毎晩のように抱かれている。

はじめは大変だったけれど、今はジュードと繋がれることが嬉しくてたまらない。

彼に愛される行為が、心も身体も満たしてくれる。

彼にエスコートされて、ホールの扉の前に立った。深呼吸をして、セレニアは隣に立つジュードを見上げる。

「ジュードさま」

「……はい」

どちらともなくうなずき合って、使用人に合図を送る。彼らに扉を開けてもらい――二人一緒に、一歩踏み出した。


「ジュード、今日はお招きありがとう。いい日になるといいね」

「そうですね、セザール」

ホールに入って一番に近づいてきたのは予想通りと言うべきか、セザールだった。

彼はちらりとセレニアに視線を移し、「奥さまも今日はまた一段とお美しい」などと言って手を取ろうとする。

だが、すぐにジュードに手を叩き落とされていた。

「セレニアに触らないでください」

注意を受けつつもセザールは特にこたえる様子もなく、けらけらと笑うだけだ。

けれどすぐに真剣な面持ちで、ジュードとセレニアにだけ聞こえるように囁《ささや》いた。

「……ライアンズ侯爵家ご一行さまはあちらだよ。アビゲイル嬢は相変わらず派手だが、どうやらご機嫌ななめのようだ」

「そうですか」

彼は一足先に客人たちを観察していたらしい。

セザールが視線で示す先に、ライアンズ侯爵家の面々がいる。

父ジェイラスと母バーバラ、そして――アビゲイル。三人とも一様に苦々しい表情を浮かべていた。

彼らがこの屋敷に足を踏み入れるのは初めてだ。

結婚式の日ですら、式を終えるとさっさと帰ってしまって披露宴には来なかった。

『ハズレ』の娘を売りつけた成金男爵の屋敷がまさかここまで豪華なものだとは、思っていなかったのかもしれない。

「漏れ聞こえた内容からして、あんまりいい話はしていないみたいだね。奥さまも、気をつけて」

「は、はい」

セザールの忠告を素直に受け取ると、彼は「じゃ」と言って颯爽《さっそう》と場を立ち去っていく。

そんな彼の後ろ姿を見送ると、ジュードに挨拶《あいさつ》をしたいという招待客たちに囲まれてしまった。

このパーティーは無礼講で、あまり堅苦しいものではない。気楽な格好の者が多く、ジュードに馴れ馴れしい態度を取る者もいる。だが、ジュードは嫌な顔一つ見せずに対応していた。

「いやぁ、ジュードの奥方はとても可愛らしいね」

「そうでしょう。手を出したらただでは済ませません」

「おお怖い怖い、仲睦まじくてなによりだ」

そんな会話にどっと笑いが起こる。

セレニアはそれが決して冗談ではないとわかっていたのだけれど。

ジュードはこう見えて嫉妬深いのだ。

（長年私のことを想ってくださったというだけあるわ）

長い長い片思いの間にジュードの恋心はむくむくと膨れ上がり、今では彼自身にも手に負えなくなっていると笑いながら言っていた。彼の言葉に、セレニアは照れ笑いを浮かべることしかできなかった。

あんなに恥ずかしげもなく、素直な気持ちを述べられるジュードが羨ましい。

「ところで、ジュードはライアンズ侯爵家との縁を持ったんだよね」

そんな時、不意に一人の青年がジュードに話を振った。

「ええ、その通りです」

「奥方の手前、こんなことを言うのはなんだけれど、気をつけたほうがいい。奴らは……」

青年がジュードになにかを耳打ちする。対するジュードは「大丈夫ですよ」と笑うだけだ。

「キミたちが心配するようなことにはなりません」

話の途中で、近くの招待客たちが突然道を開けた。

セレニアが視線を向けると、そこにはアビゲイルが立っていた。

彼女は忌々《いまいま》しいとばかりにセレニアをにらみつけ、大きな足音を立てながら歩いてくる。

（お姉さま）

素早く彼女の姿を観察する。

装いは、先日からさらに質を落とした印象だった。髪飾りもアクセサリーも目立つように大きく派手な色合いのものではあるが、使われている素材があまり良いものではないことが離れた位置からでもわかる。

「ご機嫌よう、メイウェザー男爵」

アビゲイルがジュードの前に立ち、妖艶《ようえん》な笑みを浮かべて挨拶《あいさつ》を口にした。

隣にいるセレニアのことなど眼中にもないようだ。

「えぇ、どうも」

「お招きいただき光栄よ。爵位を得てまだ間もないというのにこんな豪華なパーティーを開催するのは大変だったでしょう。妹は要領の悪い子だから迷惑をかけたんじゃなくて？　姉として申し訳ないわ」

アビゲイルは閉じた扇でセレニアのことを指す。セレニアの背中にうすら寒いものが走った。自然とジュードの腕に縋《すが》りつく。

「お詫びに素敵な提案をしてさしあげる。……このわたくしが、あなたの妻になってあげてもよろしくてよ」

その吊り上がった目を細めて、アビゲイルは言ってのけた。彼女の言葉を聞いたセレニアは……卒倒してしまいそうだった。

（まさかそんなことを言い出すなんて……）

アビゲイルはふんっと鼻を鳴らす。

「分不相応だと思わないの？　あなたのような出来の悪い子がこんな屋敷で暮らして、一丁前にパーティーの主催だなんて……まあ、あなたにしてはよく頑張ったわよ。だけどお遊びはおしまいにして、いい加減お家に帰りなさいな。メイウェザー男爵夫人だなんて、あなたには似合わないわ」

「……そ、そんなことは」

「あなたに口答えをする権利があると思っているの？」

アビゲイルが詰め寄ってくる。声を荒らげられているわけでもないのに、気圧されてしまう。

負けてはいけないと思っていても、子供の頃から刷り込まれた恐怖にはそう簡単に打ち勝てない。

「わかったら、大人しくわたくしに妻の座を譲ることよ。それがあなたにとっての幸せでもあるの。こうしてわざわざ提案してあげたわたくしに感謝してほしいくらいだわ」

勝手な言い分だ。よく聞けば、なんの説得力もない難癖にすぎないとわかる。

そっとジェイラスとバーバラのほうを見るが、彼らはなにも言わない。

（お父さまもお母さまも、お姉さまを止める気はないのね）

セレニアは目を伏せる。

もしも、ここでアビゲイルに妻の座を譲ってしまったら、自分はどうなるのだろうか。きっと、また父ジェイラスの言いなりになってろくでもない男性のもとへ嫁がされるのだろう。

そんなこと、想像もしたくない。

セレニアは、ジュードのそばを離れないと誓ったのだ。

「お姉さま」

セレニアはアビゲイルをしっかりと見据えた。彼女の瞳が、わずかに揺らぐ。

「ジュードさまの妻はこの私、セレニアです。お姉さまに……ほかの誰にだって、妻の座を譲ることなどいたしません」

そう言い切ると、アビゲイルは目を吊り上げた。

かと思うと、大きく片手を振りかぶる。

「この――っ」

叩かれる――そう覚悟して目を瞑《つむ》ろうとした時、アビゲイルの後ろから、誰かが手を掴んだ。

うっすら目を開くと、それはセザールだった。彼はアビゲイルの手をひねり上げる。

「おやおやアビゲイル嬢、こんなところで暴れては危ないですよ。ジュードさまが目に入れても痛くないほど溺愛《できあい》なさっている奥さまを傷つけでもしたら……賢いあなたなら、おわかりですよね？」

慇懃無礼《いんぎんぶれい》な口調は、セザールなりの挑発なのだろう。

「無礼者！」

アビゲイルはセザールの手を振り払い、にらみつける。もはや完全に癇癪《かんしゃく》を起こしている時の声だ。

「貴族の結婚は家同士の契約よ。溺愛《できあい》ですって？　笑わせるわ！」

さらに再びセレニアを一瞥《いちべつ》して、忌々《いまいま》しそうに顔をゆがめた。

「あなたが妻の座にしがみつくのだって、どうせ成金男爵の屋敷で贅沢な暮らしができるからでしょう？　あなたにもそんな欲があったなんて、意地汚いこと。出来損ないの妹が姉であるわたくしよりも良い暮らしを送りたいだなんて、傲慢《ごうまん》にもほどがあるわ！」

やはり、彼女はセレニアの生活を妬《ねた》んでいるのだ。セレニアにはそんなものを望む気持ちはないけれど、アビゲイルは自分の尺度でしかものを測れないらしい。

けれどぶつけられる感情のあまりの激しさに、セレニアの手が震える。

その手を、ジュードが握ってくれた。まるで「大丈夫」と伝えるかのように。

……心が落ち着く。

「そのドレスも、髪飾りも、まとうべきはあなたではなくこのわたくしよ！　なぜそれがわからないの？　なんとか言いなさいよ！」

喚《わめ》き散らすアビゲイルに、周囲の視線は冷たい。

ひそひそと囁《ささや》き合う人たちを一瞥《いちべつ》して、ジュードは手をパンッと叩いた。

「さて、アビゲイル嬢の本性が露見したところで、そろそろ本日のメインに移りましょうか」

ジュードが笑顔でそう言うと、招待客たちがざわめいた。

「何事です、お放しなさい！」

ジェイラスとバーバラが従者にひっぱられてくる。抵抗しようとしていたが、たくましい従者たちによってあっさり床に投げ出された。

「わ、私を、誰だと思っている――！」

人に囲まれながらも威勢を失わない二人。それをジュードは冷たい目で見下ろした。

「そちらが手を出してさえこなければ、こちらとしても見逃すつもりだったのですがね」

「はぁ？　一体なにをおっしゃっているの？」

アビゲイルが不機嫌そうに声をあげる。それを聞き流し、ジュードは執事のアーロンを呼び寄せて、なにやら紙の束を受け取った。

それを見たジェイラスの顔色が、瞬く間に青くなる。

「これはまた派手に使ったものですね。ドレスや宝石、家具に骨董品。挙句の果てにギャンブル三昧ですか……おや？　この保証人の欄、私の名前が書いてあるのはどういうことでしょう。こんな書類に署名をした覚えはないのですが」

「そ、それは……」

見たことがないほど冷たい目をしたジュードが、ジェイラスを見下ろす。その目に込められているのは、軽蔑《けいべつ》以外のなにものでもない。

「確かにセレニアを娶《めと》る際に、私はあなたが投資に失敗して作った借金を肩代わりする、と申し出ました。けれどそれはすべて支払い済みのはずです。それ以上にねだってくるとは……今度は私に、なにをくださるのでしょうね？」

「だ、黙れ！　成金風情が！」

ジェイラスが唾を飛ばして激昂《げっこう》する。

それをジュードは軽く受け流して話を続ける。

「その成金風情に援助してもらわないと首が回らなくなるほど侯爵家を落ちぶれさせたのは、一体どこのどなたです？」

「黙れ、黙れ！」

暴れるジェイラスを、従者たちが押さえつける。じたばたともがく姿は哀れなことこの上ない。

ふと彼の目がセレニアに向き、目が合ってしまった。血走った、恐ろしい目だ。

「私たちはお前のような出来損ないを育ててやったんだぞ！　その恩を仇《あだ》で返す気か！」

セレニアにとって、父親に恩など感じるはずもなかった。

（私を育ててくれたのは使用人たちよ。あなたたちが見捨てた私を愛してくれたのは、彼らだけ）

怒りや悔しさ、いろいろな感情が込み上げて、握った拳にギュっと力がこもる。

「ここまでは前置きです。保証人の署名を偽造したことは重罪ですが……被害者が私一人なら、目を瞑《つむ》ってさしあげなくもありません」

「そ、それなら——！」

「ただし、こちらは見逃せない」

ジュードが別の資料をジェイラスに突きつける。彼の手には二つの紙束が握られていた。

「こちらはライアンズ侯爵家の帳簿の写しです。しかし、なぜそれが二つもあるのでしょうねぇ。

その上、ところどころ数字が合わないところがあるようなのですが……心当たりはおありですか？」

二つの帳簿、合わない数字……それだけでなにが起きているのか、察するには充分だ。

（……不正。それも、税の着服）

貴族にとって、それは最も忌《い》むべき罪の一つだ。

王家から領地を賜《たまわ》り、領民たちに税を納めさせる立場である貴族という立場の人間がそんなことをすれば、当人だけでなく貴族という制度自体の信頼を失墜《しっつい》させかねない。

「領民たちの血税で贅沢三昧とは、嘆かわしい……。どうやら、夫人も共謀していたようですね。お二人とも、王宮でたっぷり取り調べを受けてください」

それはもう楽しそうに、ジュードはにっこりと笑った。対する二人はがくがくと震えている。

これで、名実ともにライアンズ侯爵家は終わりになるのだろう。

「と、こういうことになったわけですが。……アビゲイル嬢」

先ほどからなにも言葉を発さないアビゲイルに、ジュードが視線を向ける。彼女は身を強張らせた。

次は自分だと思ったのだろう。

「あなたのご両親は、重い罪を犯しました。裁きを受けて、投獄されることになるでしょう。こうなってはさすがのライアンズ侯爵家といえど、取り潰しは免れない」

「そんな……」

「ジェイラス・ライアンズ侯爵の爵位は返上されることになるでしょうね。そうなればアビゲイル嬢……あなたも貴族としての立場を失うことになります」

当然だ。ジェイラス一人の失脚で終わる話ではない。侯爵家自体が取り潰しとなったら、アビゲイルは爵位を継ぐこともできず――平民として生きなければならないということだ。

その事実に、彼女が耐えられるとは思えない。

「まだ貴族の座にしがみつきたいのであれば、どこぞへ嫁入りするのがよろしいでしょう。領民たちの血税を着服して取り潰された家の娘を娶《めと》ってくれる家があれば、ですが……。ああ、しかしアビゲイル嬢。あなたはとても優秀だと聞き及んでいます。それなら事業を起こし富を得て、金で爵位を買うという手もありますよ。成金男爵の謗《そし》りは免れないでしょうが、ね」

その言葉で、とどめを刺されてしまったのだろう。アビゲイルその場にへたり込んだ。

ジュードが冷たい目で彼女を見下ろす。

そのまま淡々と従者に指示して、三人をホールからつまみ出した。

「以上が本日の催しになります。お楽しみいただけたなら恐悦至極《きょうえつしごく》にございます。ここで見聞きしたことは、新聞社へ売るなりお好きになさって結構ですよ」

そうして、ライアンズ侯爵家の面々への断罪劇は幕を閉じた。


「思っていたより、あっさり終わってしまいましたね」

その日の夜。湯浴みを済ませたセレニアは、ジュードと共に夫婦の寝室にいた。

今日のパーティーのことは、きっと尾鰭《おひれ》がついて広まることだろう。貴族の醜聞《しゅうぶん》は人々の大好物だ。

「拍子抜けでしたよ。まぁ、あまりにも叩けば埃《ほこり》が大量に出るものだから、さすがに驚きもしましたが」

ジュードが肩をすくめる。セレニアは、笑うことしかできなかった。

「ところでセレニア」

「はい」

ふとジュードがセレニアに向き直り、優しげなまなざしをくれる。

「今日はお疲れさまでした。あの断罪劇もですが、商品の広告塔の役割までお願いしてしまって、大変だったでしょう？」

労りの言葉をかけるジュードに、セレニアは曖昧《あいまい》にうなずいた。

「ジュードさまのお役に立てると思えば、なんてことありません。素敵なドレスを着せていただいて、私のほうがお礼を言いたいくらいです」

妻として、ジュードのためにできることは今のセレニアにとってそう多くはない。

けれど今日のようにメイウェザー商会の商品を身にまとって人前に出るだけで宣伝になるのなら、セレニアにとっては願ったり叶ったりだ。社交は苦手でも、ジュードのためなら頑張れる。

「私、これからもジュードさまの商品を広めるお手伝いがしたいです」

ぐっと顔を近づけて言うと、ジュードが笑った。それはそれは、嬉しそうに。

「よかった。それじゃあ……頼みますよ、セレニア」

そう言って、額に口づけてくる。

それから腰に手を回されて……

ジュードの大きな手で腰を撫《な》でられると、身体の奥底が疼《うず》き出す。

「セレニア」

「ジュード、さま」

どちらともなく見つめ合い、唇が重なった。

口づけはどんどん激しくなり、舌を絡めてお互いに求め合った。

「あっ！」

セレニアの臀部をジュードの手が掴む。

「いっぱい、気持ちよくしましょうね」

彼に甘く囁《ささや》かれ、セレニアはこくんと首を縦に振った。


「ぁあっ、だめ、ダメなの……！」

ジュードがセレニアの内ももを掴んで大きく脚を開かせる。

露わになった花芯が、舌先でちろちろと弄《もてあそ》ばれた。

何度されても、どうしても慣れない。恥ずかしくてたまらない。

だからこそジュードはこの行為を気に入っているのだろう。

「ダメじゃないですよね。ほら、もっと溢れてきましたよ」

ジュードが嬉しそうに呟いて、蜜口に指を押し当てる。そこは拒否することなくジュードの指を呑み込んでいった。

指が入った分だけ、蜜が溢れ出す。

「あぁっ！　そこ、だめ……」

ジュードの指が花芯の裏側を撫《な》でた。花芯を舌で舐《ねぶ》られ、膣壁の敏感な部分を指で潰されて、おかしくなりそうなほどの悦楽が押し寄せてくる。

「あぁ、セレニア。もっと乱れて」

うっとりとしたように言われて、セレニアは彼の髪の毛を掴んでぶんぶんと首を横に振った。

「も、いらない……！」

涙交じりの声でセレニアは訴える。

「ジュードさまのが、欲しい……から」

ジュードが指を引き抜き、秘所に埋めていた顔を上げた。

「本当に、誘惑が得意ですね」

彼は手早く衣服と下着を脱ぎ捨てる。そこはすでに張りつめて、セレニアのナカに入りたいと主張していた。

先端が押しつけられる。少しずつ彼のモノを呑み込んで、セレニアはほうっと息を漏らした。

「ぁあっ！」

セレニアの意識がゆるんだ瞬間、ジュードは我慢できないというように性急に腰を進めてくる。

もう根元まで咥えさせられて、臀部にジュードの下腹部が当たっているのを感じた。

「っはぁ、可愛い」

「ひぐっ」

セレニアを気遣うことなく、ジュードが動き出す。

今回の抽挿はいつもよりもずっと激しかった。弱点ばかりを抉《えぐ》るように動かれて、セレニアは絶え間なく嬌声《きょうせい》をあげることしかできない。

「ぁあっ！　じゅーど、さま、じゅーどさまぁ……！」

身体を激しく揺さぶられながらも、セレニアは必死に彼にしがみつく。

なにがあっても絶対に彼から離れない――と伝えるように、強く抱きしめた。

「すき、すきなの……じゅーど、さまのこと……！」

熱に浮かされたように何度も好きだと繰り返していると、不意に口づけが落とされた。

「俺も好きですよ、セレニア」

蕩《とろ》けるような笑顔でそう告げられると、幸せすぎて死にそうだ。

蜜壺がぎゅっと締まって、彼が欲を放つのを手助けする。

「あなたが可愛すぎるから……もう、何度だって愛したくなるんです」

彼のその言葉に、セレニアは溢れんばかりの幸せを噛みしめていた。


それから少し時が流れて。

ライアンズ侯爵家は正式に取り潰されることが決まった。

使用人たちは一人残らずジュードが新しい雇用先を探してくれた。その大半はメイウェザー男爵家や商会で働くことを選んだ。

セレニアが一緒に暮らしていたアルフたちもまた、ジュードが庭を整えたことで一緒に住めることになった。今では庭でアルフたちと追いかけっこをしたりするのがセレニアの日課となっている。

くる。

「ふふっ、アルフは可愛いわねぇ」

顔をぺろぺろと舐めてくるアルフに声をあげると、「わんっ！」と嬉しそうな鳴き声が返ってくる。

すると、後ろから「セレニア」と名前を呼ばれた。

視線を向けると、そこには大好きなジュードがいる。

「セレニアはアルフたちといると幸せそうですね。……嫉妬しますよ？」

彼がセレニアの隣に腰を下ろしておどけたように呟く。セレニアはくすくすと笑った。

「アルフたちのことは、大好きです。でも、ジュードさまのことは――愛しています、から」

照れてしまって消え入りそうな声だったけれど、ジュードにはしっかり聞こえていたらしい。

小さく「俺も」と返してくれた。

「孤児院の子供たちから、お礼の手紙をもらったんですよ。私、もっとやる気になりました」

「それはなにより。でも、無理はしちゃダメですからね」

少し前に完成した本を孤児院に贈ったら、その教本で文字を覚えた子供たちが手紙をくれたのだ。

不格好で読みにくい字だったが、必死に書いてくれたのだと思うと愛おしくてたまらない。

「ジュードさま」

「どうしました？」

「いつか私たちも、子供、欲しいですね」

セレニアが微笑むと、ジュードも「そうですね」と笑ってくれた。

「セレニアの子だと、相当なお転婆《てんば》になりそうですけど」

「ええ、そうですか？」

そう言って、二人は笑い合う。

誰からも必要とされてこなかったセレニアの結婚はこうして——幸せな結婚へ変わった。

愛する夫と優しい使用人たちやアルフたち。そして、いずれ生まれるであろう子供と共に。

たくさんの幸せを築こう。

セレニアは、心の底からそう思った。

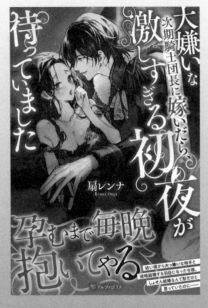

濃蜜ラブファンタジー

ノーチェブックス

君は俺のもの。
逃げるなど許さない。

美貌の騎士団長は
逃げ出した妻を
甘い執愛で絡め取る

東原ミヤコ

イラスト：鈴ノ助

十五歳の時、騎士団長シアンの妻となったラティス。けれど婚姻からすぐに起きた戦争で彼は戦地へ向かってしまった。三年後、夫を待つラティスのもとにシアンの愛人を名乗る女が訪れ、彼は王命で嫌々結婚したに過ぎないと語る。ショックを受けて屋敷を飛び出したラティスだが、突如現れたシアンに連れ戻されて、甘く激しく愛されて——!?

この作品に対する皆様のご意見・ご感想をお待ちしております。

おハガキ・お手紙は以下の宛先にお送りください。

【宛先】

〒150-6019 東京都渋谷区恵比寿4-20-3 恵比寿ｶﾞｰﾃﾞﾝﾌﾟﾚｲｽﾀﾜｰ19F
（株）アルファポリス　書籍感想係

メールフォームでのご意見・ご感想は右のＱＲコードから、
あるいは以下のワードで検索をかけてください。

アルファポリス　書籍の感想　検索

ご感想はこちらから

本書は、「アルファポリス」（https://www.alphapolis.co.jp/）に掲載されていたものを、
改題、改稿、加筆のうえ、書籍化したものです。

ハズレ令嬢《れいじょう》の私《わたし》を腹黒《はらぐろ》貴公子《きこうし》が毎夜《まいよ》求《もと》めて離《はな》さない
扇レンナ（おうぎ れんな）

2024年10月31日初版発行

編集－渡邉和音・森 順子
編集長－倉持真理
発行者－梶本雄介
発行所－株式会社アルファポリス
〒150-6019 東京都渋谷区恵比寿4-20-3 恵比寿ｶﾞｰﾃﾞﾝﾌﾟﾚｲｽﾀﾜｰ19F
TEL 03-6277-1601（営業）03-6277-1602（編集）
URL https://www.alphapolis.co.jp/
発売元－株式会社星雲社（共同出版社・流通責任出版社）
〒112-0005 東京都文京区水道1-3-30
TEL 03-3868-3275
装丁イラスト－沖田ちゃとら
装丁デザイン－AFTERGLOW
（レーベルフォーマットデザイン－團 夢見（imagejack））
印刷－中央精版印刷株式会社

価格はカバーに表示されてあります。

落丁乱丁の場合はアルファポリスまでご連絡ください。

送料は小社負担でお取り替えします。


ISBN978-4-434-34659-0 C0093